LANGUAGES, LIT/FICTION DIVISION
HAMILTON PUBLIC LIBRARY
55 YORK BLVD.
HAMILTON, ONTARIO
L8R 3K1

Mahaut
grand reporter

Les personnages et les situations de ce récit étant purement fictifs, toute ressemblance avec des personnes ou des situations existantes ou ayant existé ne saurait être que fortuite.

© Plon, 2007
ISBN : 978-2-259-20674-7

www.plon.fr

Catherine Jentile

Mahaut
grand reporter

plon
jeunesse

A tous les bébés du monde

« Le monde ne sera pas détruit par ceux qui font le mal, mais par ceux qui les regardent sans rien faire. »

Albert EINSTEIN

1

« Mahaut, arrête de bouger s'il te plaît, le docteur ne peut pas poser ton appareil. » Les médecins, de toute façon, je les déteste depuis qu'ils n'ont pas réussi à sauver ma sœur. Mais je sais que cela fera plaisir à ma mère que j'aie cette chose dans l'oreille, toute petite, invisible. Comme les agents secrets ou les chanteurs sur scène. Pour elle, c'est le moyen de guérir ma blessure, mon handicap, ma surdité. Elle ne peut pas réduire mon irréparable fracture, celle qui se trouve dans mon cœur et qui constitue notre chagrin commun, alors elle se concentre sur mon ouïe, et moi je la laisse faire. J'écoute de mon oreille, distraite, ce qu'ils racontent. Ils appellent ça une prothèse, pour amplifier le son venu de l'extérieur de ma tête. Le son, pas les cris. Car il y a un système qui permet de couper automatiquement l'appareil, au-delà d'un certain niveau de décibels, pour ne pas devenir encore plus sourde, plus folle, et surtout pour ne pas réveiller ma mémoire, ne pas lui imposer le souvenir de ce hurlement qui fut la genèse du monde. De mon monde. De ma douleur et de ma surdité.

« Vous voyez, madame, c'est parfait, quelques réglages, et l'appareil sera prêt dans trois jours », pérore le spécialiste des oreilles, puis il se penche vers moi : « Mahaut, bientôt tu entendras parfaitement, tu comprendras tout ce qu'on te dira, sans problème, comme toutes les petites filles de ton âge. » J'ai dix ans et l'imbécile ne sait pas que cela fait bien longtemps que je comprends tout, je n'ai besoin ni de lui ni de ses gadgets. Je lis sur les lèvres. Parfaitement, et en plusieurs langues. Cette faculté fait de moi l'espionne du monde. Mais je ne l'ai dit à personne, si ce n'est à ma sœur qui, elle, lit dans les esprits. Les premiers mots que j'ai lus sur des lèvres, c'était à la maternité, au moment de ma naissance : « Madammadamvounedevépamou rirrestéavecnouvouavéuneotrepetitefillequiabesoinde vou. »

Cette nuit-là, le fracas du tonnerre emplissait la salle de travail. L'orage épouvantable était aussi violent qu'imprévu. Tout le monde était ébloui par les éclairs, comme aveuglé par les flashes d'une horde de paparazzi. Nous étions des jumelles, des vraies jumelles, issues de la même cellule, destinées à un avenir commun. Mais au milieu de cet abominable enfer, un cri a surpassé en puissance les grondements du ciel. Comme la colère de Dieu. Strident, redoutable, déchirant, archaïque, qui disait toute la douleur de l'univers, l'effroi des violences à venir. Un refus de ce monde. Un cri à s'étouffer, à mourir. Un cri pour couvrir celui des victimes. Le cri de ma sœur, tellement fulgurant qu'il m'a crevé le tympan, rendue sourde de l'oreille gauche, du côté du cœur. Irrémédiablement. Elle est partie au paradis des bébés. Transformée en poussière d'étoiles, en particule divine, pour devenir un électron de la Conscience du Monde.

« Madame, madame, vous ne devez pas mourir. Restez avec nous, vous avez une autre petite fille qui a besoin de vous. Madame, réveillez-vous », supplie le médecin.

Je ne sais pas si « notre mère », à cet instant, a ouvert les yeux, si elle a accepté de me voir, de me regarder et de m'aimer, moi, la rescapée, l'insupportable survivante, avec mon oreille blessée, ma culpabilité à venir et ma peur des nourrissons.

D'ailleurs, elle m'a appelée Mahaut, du nom d'une princesse maudite. « Sombre, faite de sang et de fureur, de morts et de larmes, ainsi débute la destinée de ces rois maudits. »

Marquée au fer rouge, rouge comme tout le sang de cet accouchement qui a tourné au cauchemar, comme les taches sur les blouses blanches des docteurs et des sages-femmes. La princesse Mahaut soupçonnée d'avoir tué un bébé. Je ne suis que l'ombre de ma jumelle, ma camarade de cellule embryonnaire. Mais elle m'a donné sa force, son esprit de contestation, sa vision du monde, l'envie de me battre. Je ne peux pas comme elle tutoyer les esprits, les dieux et les anges, survoler les nuages et jouer avec le soleil mais le soir, elle vient caresser mon oreille malade, la gauche. Et dans l'autre, la droite, la valide, elle me parle, pour ne pas m'accabler du poids de son sacrifice. Pour ne pas laisser s'installer le silence. La douceur de ses mots doit amoindrir la violence de son cri. Elle me dit le monde que je ne vois pas, elle me dit le courage qu'il faut avoir, qu'il faut savoir puiser au fond de soi. Elle chante aussi, souvent, la joie de vivre que je dois découvrir. Pour nous deux. Elle prétend qu'il faut aimer les bébés, les adorer. Ne pas faire porter aux tout-petits sa désertion, son départ. Personne ne connaît notre secret, notre dialogue. Personne ne le sait.

Tous mes anniversaires, je les ai passés à l'ombre d'un cerisier en fleur, sur sa tombe. Toute petite, toute blanche. Sans photo, sans mot gravé. Ce jour-là, du mois qui porte le nom de « mars », le dieu de la Guerre et de la Jeunesse, père des jumeaux Remus et Romulus, j'ai l'impression d'être plus proche d'elle, à la recherche de cette intimité que nous avons partagée durant neuf mois et une seconde. Neuf mois de douceur et une seconde d'épouvantable violence. « Notre » mère ne m'a jamais rien dit sur elle. Si ce n'est qu'elle avait une tache, une tache que l'on qualifie de mongole, car on pense qu'elle désigne les descendants de Gengis Khān. Une marque, en forme de cœur, sur la cuisse droite. Je me couche sur la dalle et chaque année, je dépasse un peu plus de cette pierre de marbre. C'est ma façon de me mesurer à elle et au temps qui passe. Les enfants ont souvent, accroché au mur de leur chambre, une girafe ou un personnage de dessin animé gradué sur lequel les parents notent, soigneusement, le nombre de centimètres pris d'une année sur l'autre. Moi, Mahaut, je dispose de la tombe de ma sœur comme étalon de ma taille et de ma vie. De ma douleur aussi. A travers la terre, je lui dis mon amour pour elle, mon envie de découvrir le monde et la subtilité du parfum des fleurs de printemps qu'elle ne sentira jamais. Et avant de partir, de la quitter, je l'étreins une dernière fois et je pose mon oreille valide au milieu de sa tombe. Pour écouter battre son cœur. Le cœur de la Conscience du Monde.

2

Mes initiales sont M. de B. comme Mort de Bébé, ou Miracle de Bébé, ou plutôt Mahaut de Baud. Mahaut, la princesse maudite que l'on a parée de tous les défauts, jusqu'à l'accuser d'être à l'origine de la guerre de Cent Ans. Capétienne et comtesse d'Artois, née vers 1270 J'ai consacré ma première enquête de journaliste amateur adolescente à essayer de la réhabiliter. Au moins dans mon esprit. C'est ainsi que j'ai découvert qu'elle savait se montrer généreuse, qu'elle a aidé les pauvres, octroyé des dons à des monastères et à des hôpitaux. Elle était inflexible lorsqu'il s'agissait de défendre ses droits mais elle avait de grandes qualités humaines et une sensibilité artistique. Sûrement était-ce une femme en avance sur son temps qui a été affublée, à travers les âges, d'une épouvantable image par des hommes jaloux et misogynes ou par des historiens trop rapides à jeter l'anathème. En tout cas, ce fut une première formidable leçon de journalisme : ne pas se fier aux apparences, aux fausses évidences, aller au-delà du miroir, avoir le courage de ne pas s'aligner sur la thèse la plus répandue, la plus à la mode. Pour ne pas être dérangée durant ce patient travail de recherche, j'enlevais toujours mon appareil auditif pour ne pas entendre les autres, les bruits venus du monde extérieur, pour être seule à seule face à la mémoire et à l'Histoire. Afin, aussi, de me départir de cette culpabilité supplémentaire de porter un prénom que je croyais maudit. Quant à éradiquer ma culpabilité de survivante, j'étais décidée à y consacrer le reste de mes jours. Durant cette enquête, j'ai aussi découvert que Mahaut est le diminutif de Mathilde. Ma sœur devait s'appeler Mathilde. Je suis sa « diminutive », son raccourci, son résumé, son ombre portée sur terre.

Baud. Mahaut de Baud. Aristocrate. Du grec *aristokratia* qui se décompose ainsi : *aristos*, qui signifie excellent, et *kratos*, qui veut dire pouvoir. Dans ma famille, dont l'arbre généalogique remonte, sans l'ombre d'une hésitation, jusqu'aux croisades, on vouvoie ses parents, on ne montre pas ses sentiments et surtout, ON NE CRIE PAS... C'est très mal élevé, voire insupportable. On sait faire des plans de table, on est toujours à l'heure, on n'embarrasse jamais les autres avec des détails ridicules : interdiction d'avouer, par exemple, que l'on a une oreille endommagée. À part ça, on a le sens du devoir vrillé à l'âme, un humour quasi britannique et une mémoire infaillible qui s'étale sur des siècles et qui permet de réciter, comme d'autres les tables de multiplication, les mariages des princes et des comtesses, les prénoms des cousins issus de germains et les devises des différentes familles qui se sont unies. Depuis la nuit des temps.

C'est dans ce fin fond de l'infini, dans cette nuit des temps, que se trouvent mon ancêtre et ma sœur réunis. Dans mes rêves, elle m'a présenté cet homme et raconté son histoire. Il a été anobli pour avoir défendu son roi, sur tous les champs de bataille de France et de Navarre. Il s'est appelé Baud en l'honneur du village où il a su arrêter l'offensive ennemie. Il a vu Jérusalem, la ville trois fois sainte, et toutes les contrées alentour, de l'Asie centrale jusqu'à l'Afghanistan. Il a pressenti les drames, les guerres, les meurtres et les violences que cette région, berceau des dieux et bénie par eux mais abandonnée dans le cœur des hommes, allait générer et enfanter dans une épouvantable et injuste douleur. Là-bas, pour essayer de sauver une parcelle d'avenir, pour préserver la vie, il a créé un orphelinat. Il est mort en le défendant, un jour où une attaque a été lancée, d'une telle sauvagerie et d'une telle férocité que rien ni personne ne pouvait l'arrêter. Alors, il l'a détournée, attirant les assaillants le plus loin possible. Il est mort en entendant au loin hurler les petits.

Sa femme s'appelait Mathilde. Il était aussi la Conscience du Monde.

Elle a, sur le front, des taches. On les appelle des taches de grossesse. Mais elle les a gardées bien au-delà de notre naissance. De ma naissance. Elle les a toujours aujourd'hui, malgré toutes les crèmes, tous les savons et autres produits soi-disant miracles qu'elle a utilisés pour essayer de les faire disparaître. On dirait des dessins des Aborigènes d'Australie. Comme des mosaïques qui, quand on sait les déchiffrer, prédisent l'avenir. Autant de points de couleurs douces, dans les tons beige ou crème, qui ressemblent aux cailloux du Petit Poucet, pour relier le présent à l'avenir, en faisant un détour par le fond des âges. Une faculté artistique et prémonitoire de ce peuple qui a cinquante mille ans d'existence, uniquement pacifiques. Et sur le front de « notre » mère est inscrit mon avenir. Depuis l'époque où, tout petit bébé presque sourd, elle me tenait dans ses bras pour me consoler et me réconcilier avec la vie. La vue me venait tout doucement, chaque jour plus précise. Elle murmurait des chansons, dans mon oreille droite, dont elle adaptait les paroles à son amour : « A la claire fontaine... Il y a longtemps que je t'aime, Mahaut, jamais je ne t'oublierai. »

Ma sœur chantait parfois en canon, dans mon oreille gauche. Dans ce nid douillet et cet environnement rassurant, en buvant mon biberon, je déchiffrais mon destin, en observant le dessin inscrit sur le front de « notre » mère. J'en voyais presque tous les détails lorsqu'elle se penchait vers moi pour mieux m'embrasser, me câliner, m'enlacer, me cajoler, me réchauffer. Et il était écrit que je devais servir la Conscience du Monde. Que je serais grand reporter et que j'irais sur les traces de mon ancêtre, en Terre sainte. Une région plus communément appelée, de nos jours, le Proche-Orient. Je lisais que j'irais aussi en Afghanistan, ma vue se brouillait un peu mais je devinais qu'il était question là-bas d'un orphelinat et qu'on m'y attendait. Je rêvais à ces promesses de futur et de voyages lointains, entourée des ombres bienveillantes des Aborigènes qui étaient comme des fées, penchées sur mon berceau. Ils savent utiliser les rêves pour communiquer entre eux, ils maîtrisent la télépathie et ils m'ont livré tous leurs secrets.

3

Heureusement que je suis d'un naturel, malgré tout, à aimer mon prochain. En l'occurrence, ma prochaine, mes prochaines. Car « notre » mère m'a imposé un nombre incalculable de nounous, de jeunes filles au pair, de maîtresses en mal d'élèves, de professeurs particulières ou encore de baby-sitters, toutes de nationalités différentes. Pour essayer de lutter contre ma surdité, au nom d'études prouvant que l'apprentissage des langues étrangères aide l'oreille à se développer, elle m'a transformée en tour de Babel. Mais au lieu de porter les conflits du monde, je fais cohabiter en moi tous ces horizons divers et lointains, pacifiquement et sans accent. Nourrie au français, élevée à l'anglais, convertie au russe, dédiée à l'arabe et dévolue au pachtou, au persan et au chinois. Sept cultures, cinq alphabets, une mémoire en conséquence et une ouverture totale au monde qui décuple l'envie de le découvrir. Et quand je suis trop fatiguée pour écouter, ou quand je veux savoir ce que l'on me cache, je lis sur les lèvres. Dans toutes ces langues. La seule chose que je ne peux pas supporter, ce sont les cris. Dès que je vois une bouche qui commence à se crisper, à s'agrandir, à s'arrondir, à se déformer, surtout celle d'un bébé, je regarde ailleurs pour ne pas lire ce hurlement que je pressens et je me bouche l'oreille droite pour ne pas l'entendre. Sinon, je deviens folle, presque violente, j'en veux à mort à ma sœur de sa mort, je revis « mon » Bozzo de Higgs, la fraction de seconde précise qui a suivi la création du monde, de mon monde. Les scientifiques s'épuisent à recréer depuis des décennies ce Bozzo de Higgs de l'univers. Moi, je fais tout pour ne pas revivre le mien. Ne jamais réentendre un cri qui m'en rappelle un autre. Celui de ma jumelle, morte la nuit de ma naissance. Si je ne réussis pas à échapper à ce déluge de décibels, il me faut ensuite du temps, beaucoup de temps, pour me réconcilier avec ma sœur. Elle doit me parler au moins « mille et une nuits » pour que je lui pardonne, pour accepter de reprendre notre vie commune. Elle murmure à mon oreille comme on le fait pour les chevaux, pour les dompter, les calmer et leur redonner confiance.

Huit cents mètres-seconde. C'est la vitesse d'une balle de kalachnikov. Plus de deux fois la vitesse du son. Je sais qu'un jour, je battrai ce record. J'irai plus vite que la mort. Je n'entendrai pas l'impact. Ni le cri qui suit l'impact. Celui de la victime. Il y a toujours un décalage entre la vue et l'ouïe. On voit la poussière se soulever, la maison s'effondrer ou un homme tomber avant d'entendre l'explosion. Le son, le cri arrivent toujours après la catastrophe. C'est une question de vitesse. Le son circule en moyenne à trois cent cinquante mètres-seconde, les munitions et la mort, beaucoup, beaucoup plus vite. Mais je sais qu'un jour, j'anéantirai la différence entre le son et l'espace, je réconcilierai ma sœur avec la vie, je pourrai intercepter la mort. Je l'entendrai arriver et j'étoufferai le cri, je l'effacerai de ma mémoire. Je n'aurai que quelques dixièmes de seconde pour intervenir, pour changer les lois de la science et inverser la vitesse de l'image et du son.

« A la claire fontaine, tu seras journaliste, Mahaut... Tu seras journaliste, Mahaut. »
J'enlève mon écouteur, je replonge dans mon monde qui ressemble à un océan où tous les bruits sont amortis, étouffés, et je bouche de ma main mon oreille valide. Mais ma sœur sait comment continuer à me parler, lorsque je m'immerge dans cet univers aquatique qui ressemble à notre passé commun d'avant le cri, celui du ventre de « notre mère ».
Le son, dans cet océan, se déplace cinq fois plus vite que dans l'air. « Océan ». C'est la traduction du turc *tengiz* d'où vient le nom de Gengis Khān, l'ancêtre génétique de ma sœur, qui lui a transmis en héritage sa tache en forme de cœur sur la cuisse

droite. Avec son tempérament à conquérir l'Asie, tous les empires, et à résister aux invasions barbares, elle ne souffre pas de discussion. Elle rit, me dit que je suis venue au monde pour faire ce métier, qu'il est la justification de mon existence, de mon statut de tour de Babel polyglotte, et donc d'espionne du monde. Elle me répète que je dois servir la Conscience de ce Monde et briser le mur du son.

« Il y a longtemps que je t'aime, Mahaut, jamais je ne t'oublierai. » Elle fredonne l'air et les paroles de cette chanson que ma mère me murmurait le soir pour m'endormir quand j'étais bébé, me rassurer quand j'étais petite et m'amuser maintenant que je suis une jeune fille, mais je sais que ma sœur est sérieuse et qu'elle veut me convaincre que, quel que soit l'endroit où je me trouverai sur cette planète, elle sera toujours près de moi, quel que soit le danger. Elle me protégera. Mon envie, évidemment, est à la hauteur de la sienne : me transformer en globe-trotter. Je fais semblant de refuser de l'entendre juste pour me venger de son départ, elle qui me propose une vie de départs permanents. Mais je me demande bien ce qu'elle a à l'esprit, dans son obsession de vouloir m'envoyer sur les routes... au-delà de mon bonheur.

4

« La nouvelle, elle a un nom pas possible, mais t'as vu, elle a un beau cul. »

L'imbécile ne sait pas que je lis sur les lèvres. Je commence mon premier stage dans une rédaction, à la télévision, je ne vais pas révéler mes secrets mais je me souviendrai de cette réflexion et de son auteur.

Je rêve de parcourir le monde. Pour l'instant je parcours les couloirs de la « rédac » pour me familiariser avec cet univers, rencontrer mes aînés dans ce métier et accessoirement voir de près les journalistes célèbres. Je me découvre une âme de midinette, l'espace de quelques secondes, lorsque j'aperçois de loin les présentateurs. C'est toujours drôle de remarquer qu'ils sont plus grands, plus gros, ou au contraire plus petits qu'à l'antenne. J'ose à peine adresser la parole aux grands reporters dont j'espère rapidement, en tout cas le plus rapidement possible, enfiler les bottes de sept lieues. Ils m'ont donné envie de faire ce métier, je les reconnais tous à leur voix sans même voir leur visage. Je peux associer à leur nom les pays dans lesquels ils sont allés, leur région de prédilection, la liste des grands événements qu'ils m'ont fait vivre. Je devine leurs failles, en les côtoyant, je recherche sur eux, dans leurs yeux, les dessins d'Aborigènes qui me racontent leur vie et entrecroisent leur destin avec celui du monde.

Je suis bardée de diplômes, auréolée de toutes « mes » langues, mais pour l'instant je dois faire mes preuves. Je me fais petite mais présente. Je réussis à me faire accepter des équipes, celles sans lesquelles nous ne pouvons rien faire, constituées de cameramen, preneurs de son et monteurs. Présente au point d'accepter toutes les permanences de week-ends ou de jours de fête. 31 décembre, 14 heures : « Mahaut, cette nuit tu vas dans une maternité, on veut faire les bébés du 1er janvier. Un beau sujet. Un sujet de gonzesse, il faut du tact et de la sensibilité, et puis une femme passe plus facilement dans un hôpital. Tu es contente ? Avec un peu de chance, s'il n'y a rien dans l'actu, tu peux faire l'ouverture du journal. »

J'ai entendu ce que m'a dit mon rédacteur en chef, je l'ai lu sur ses lèvres, et je suis pétrifiée. J'ai une peur bleue des bébés. Ils me rappellent trop mon histoire, l'épouvantable nuit de ma naissance, et j'ai une angoisse irraisonnée et déraisonnable de les tuer, de provoquer leur mort. Sans le vouloir et sans le faire exprès. Mais je ne peux pas l'avouer, ils vont croire que je veux me soustraire à ce tournage pour une bête histoire de réveillon. Il faut absolument que je trouve une solution.

Je jure en pachtou et personne ne comprend ce que je maugrée. Ce bon vieux juron que je préfère ne pas traduire me rappelle toujours une de mes « nounous » préférées. Elle venait d'Afghanistan et avait trouvé refuge chez nous, envoyée par une des nombreuses organisations humanitaires où « notre » mère passait sa vie et calmait sa douleur d'avoir perdu une fille. Notre maison a ainsi accueilli de nombreuses femmes, jeunes ou moins jeunes, qui avaient survécu à l'enfer de leur pays d'origine, en état de désolation ou de guerre. C'est avec elles que j'ai appris le nom des capitales de toutes les dictatures de la planète mais aussi les contes les plus jolis de ces contrées lointaines. « Mon » Afghane, magistrate de formation, s'était battue toute sa vie pour l'éducation des filles, mais elle avait dû fuir les islamistes de son pays qui la menaçaient de mort. Elle déversait sur moi tout son amour et ses connaissances et ne voulait pas considérer ma surdité comme un handicap. Elle me disait que chez elle, presque toute la population avait vécu des choses bien plus dures que mon petit problème d'oreille et que par respect pour toutes les petites filles interdites d'école ou même tuées par les fous de Dieu, je devais réussir et ne jamais me plaindre. Elle tolérait seulement que parfois, quand j'en avais assez d'apprendre, je dise un gros mot en pachtou, et dans ces moments-là, c'est elle qui jouait à la sourde.

Adieu la nostalgie, il faut absolument que je trouve un moyen de ne pas aller à la maternité. Du ciel où elle se trouve maintenant, mon « Afghane » a sûrement décidé de m'aider car elle avait deviné ma phobie des nourrissons, tout en ayant le tact de ne jamais m'en parler. Une sonnette retentit dans toute la rédaction. Ce bruit indique l'annonce d'un événement important par les agences de presse. Tous les journalistes se précipitent sur leur ordinateur pour lire les dépêches et découvrir la « news », c'est-à-dire l'information qui risque de perturber leur réveillon. Moi, j'espère que dans l'affolement, mon rédacteur en chef va oublier son histoire de bébés du premier de l'an. Je ne réponds même pas à ma sœur, qui me dit que je dois lutter contre mes démons, oublier la nuit de ma naissance et ne pas avoir peur des tout-petits...
Bingo, l'événement est suffisamment important pour mobiliser toutes les énergies présentes, dont ma petite personne : les routiers ont décidé d'organiser un blocage-surprise du pays pour dénoncer l'augmentation du prix du carburant. Le cours du baril a crevé tous les plafonds des Bourses de Paris, New York, Londres et Tokyo, les records précédents ont été pulvérisés et les répercussions se font

sentir douloureusement à la pompe. Je pars illico avec une des stars de la chaîne pour lui prêter main-forte, et éventuellement faire toute seule un reportage ou deux, si elle est trop fatiguée et moi suffisamment bonne.

5

Nous sommes au milieu des camions. Ça sent l'essence et la nourriture bon marché. Depuis deux jours, nous campons sur ce péage bloqué par les routiers. L'affaire fait la une de tous les médias, et pour cause, les vacanciers qui veulent rentrer en voiture de leur lieu de villégiature sont pris au piège. Nous déclinons dans nos reportages la colère, la déception, l'indifférence des uns et l'incompréhension des autres. Toujours la même ritournelle pour l'équipe de vieux briscards avec laquelle je suis partie mais moi, je suis fascinée, tout me paraît important. Je reconnais que je suis fatigante, avec mon enthousiasme en bandoulière, mais j'ai enfin le bonheur de vivre le métier que j'ai toujours adoré, sans avoir encore eu la chance de le pratiquer.

Dans nos rares moments de pause, je demande à Max, le cameraman, de me raconter « ses » guerres, lui qui a tant de fois parcouru la planète. Pour le meilleur mais souvent pour le pire. Il a compris qu'il ne pouvait pas échapper à ma curiosité et mon admiration mêlées. Alors, il se livre petit à petit, en pointillé, entre faux cynisme et véritable amour des autres. Je bois ses paroles et je décrypte dans ses yeux le reflet des taches de grossesse qui ornaient le front de sa mère. Mais je ne veux pas croire à la fin de l'histoire que raconte le dessin.

Avec lui, je découvre la Bosnie et l'infinie cruauté de son conflit. Je me noie dans le chagrin de la misère palestinienne. Je reconnais l'Afghanistan dont m'a si souvent parlé ma nounou. J'ai l'impression de tutoyer, par procuration, l'Histoire et je suis enivrée de ma hardiesse. Il m'appelle « petite » et je me sens capable de le suivre jusqu'à Bagdad, au cœur de la Mésopotamie, le berceau, affirment les Irakiens, de la civilisation. Il doit y retourner bientôt, me dit-il. Je suis prête à me faire vraiment petite dans ses bagages, à lui servir de traductrice, moi qui parle arabe couramment. J'exulte de l'envie d'être grand reporter. Je suis décidée à affronter tous les dangers, j'imagine que je suis capable de survivre à mille morts.

Pour l'instant, moins dangereusement mais pour mon plus grand bonheur de reporter débutante, je dois aller faire l'interview, pour le journal de 20 heures, des meneurs des chauffeurs routiers. Ils se sont donné des surnoms de personnages de bandes dessinées, je les connais déjà tous. De loin, je les vois réunis. Je regarde leurs bouches, je lis sur leurs lèvres, je décrypte leurs secrets, tous leurs secrets.

« On ne peut pas annoncer l'arrêt du mouvement en donnant l'impression d'une reddition en rase campagne, dit Mickey. – D'accord, mais il faut faire vite, sinon les Français vont finir par nous écharper », lui rétorque Balou.

La décision de lever les barrages a été prise et je suis la seule journaliste à le savoir. Je préviens la rédaction, sans pouvoir citer ma source. Je prétends que c'est un de mes contacts routiers qui m'a prévenue. Toute l'équipe est fière de sa « petite » et de son scoop. Pour me remercier, « Paris », comme on appelle la direction quand on se trouve à l'extérieur, m'autorise à faire mon premier reportage diffusé au 20 heures. Jusqu'à présent, toutes les interviews que je faisais étaient « récupérées » par la star que j'accompagne.

J'ai le cœur qui bat à deux cents à l'heure, je me demande si je vais être à la hauteur. Tous les regards vont être braqués sur moi. La nouvelle de mon « entrée dans la cour des grands » a fait le tour de notre aire de routiers. Mickey, Balou, Daisy et les autres viennent me prêter leur concours, mes confrères des autres médias m'annoncent que, par je ne sais quel miracle, ils ont trouvé une bouteille de champagne, à sabrer à 20 heures précises, et mon équipe ne me lâche pas d'une semelle, prévenant le moindre de mes besoins.

Mahaut, grand reporter

Nous sommes installés dans un camion où se trouvent notre banc de montage et tous les moyens de diffusion possibles vers Paris. Le monteur est proche de la retraite. Il a porté sur les fonts baptismaux de la télévision plusieurs générations de journalistes. Il me regarde avec bienveillance et un soupçon d'amitié mais je sais aussi qu'il va me jauger dès la première minute. J'ai l'impression d'être une jument dans une vente de yearlings, les poulains prometteurs dont on regarde les dents et qu'on mesure au garrot. Je veux réussir mon galop d'essai, ne serait-ce que pour me montrer digne d'autant d'attentions. Ma sœur n'arrête pas de me parler : « Tu vas y arriver, Mahaut, tu es née pour ce métier, je suis fière de toi. Bientôt, tu partiras pour parcourir le monde, mais profite de l'instant présent. Tu te souviendras toute ta vie de ce premier reportage, ton premier reportage. Apprécie chaque minute, chaque seconde. Imprime dans ta mémoire les visages de tous ces gens que tu ne reverras sûrement jamais, les routiers et les usagers, car ils vont former quelques-unes des pièces d'un gigantesque puzzle qui constituera ton histoire, ta vie de grand reporter. Je te vois dans très longtemps, des siècles presque, raconter tout cela à tes petits-enfants. Mais pour l'instant, ma belle, tu attaques le montage et tu donnes le meilleur de toi-même. » Je dispose des trois cassettes que nous avons tournées de cette dernière journée de barrages où la France est paralysée.

Avec le monteur, nous repérons les meilleures images, les extraits les plus intéressants des interviews que nous avons réalisées. Il n'y a plus qu'à assembler tous ces éléments, de manière à les rendre cohérents et intelligibles par tous. Résumer en deux minutes à l'antenne vingt-quatre heures que nous venons de vivre ici.

L'exercice est difficile, mais passionnant. Nous finissons juste à l'heure prévue de la « diff », c'est-à-dire la diffusion de notre reportage vers Paris, à 19 h 45. Avec mon éducation d'aristo, je n'ai jamais été en retard de ma vie, et je n'allais pas commencer aujourd'hui. « L'exactitude est la politesse des rois » et de quelques dizaines de militaires qui sont mes glorieux ancêtres.

Je pense à « notre » mère. A sa joie et à son chagrin. Sa joie de me voir percer dans un métier si difficile. Son chagrin en pensant à ma sœur. Son bébé déserteur du monde qui représente son insondable manque. Elle doit se demander ce qu'elle serait devenue, quelle carrière elle aurait embrassée si elle avait vécu. Je ne peux pas lui dire qu'elle caracole dans les nuages pour envoyer du ciel la force de la Conscience du Monde.

« Il y a un énorme drop sur l'image, juste après le premier sonore », hurle le haut-parleur dans notre camion de « diff ». En clair, la régie à Paris se plaint qu'il y a une grosse rayure sur l'image juste après la première interview de notre sujet. Nous ne comprenons pas comment s'est produit cet incident mais nous n'avons pas le temps de diligenter une enquête pour élucider ce problème technique. Nous fonçons, retournons au banc de montage, changeons l'image en question, renvoyons le sujet. Il est 19 h 55. Mon cœur bat tellement fort que je n'entends pas les félicitations de tous ceux qui m'entourent ni même le bouchon de champagne qui saute. Ce ne sont que des bruits de fond couverts par une petite ritournelle : « A la claire fontaine, maintenant t'es journaliste, Mahaut... »

Sur l'écran du téléviseur, en face de moi, je vois pour la première fois de ma vie mon nom écrit. Il est associé à ceux des membres de ma prestigieuse équipe. Je veux y voir un signe prémonitoire. Un jour, je ferai partie de cette élite. De ceux qui parcourent la planète pour servir la Conscience du Monde.

« Paris » me téléphone pour me féliciter, du bout des lèvres, car la presse est un milieu avare de compliments, mais cet appel suffit amplement à mon bonheur. « Notre » mère m'envoie un SMS. Elle préfère m'écrire que me passer un coup de fil, elle ne me l'a jamais avoué mais je sais qu'elle me considère toujours un peu comme son petit bébé sourd. Son texto se résume à un mot : *Bravo*. Ce contact me permet de revoir les dessins sur son front qui résument mon destin. Je lis que toute ma vie va s'accélérer, que je suis sur la rampe de lancement de mon existence.

Il ne me reste plus qu'une soirée avec mon équipe alors que j'en souhaiterais des centaines pour entendre tous ces souvenirs de reportages que j'imagine comme le résumé de mon avenir. Max, le cameraman, sait que je vais le submerger de questions mais il est ma victime consentante. Je crois percevoir qu'il voit en moi l'enfant qu'il n'a jamais eu, au milieu de sa vie sentimentale si souvent fracassée, interrompue par des départs à répétition et une ultime explication chez un avocat pour organiser le divorce. Finalement, c'est une des rares fois où il se raconte, un peu contraint et forcé.

Le paradoxe de ce métier où l'on dit tout ce qui se passe, tout ce que l'on voit est que ceux qui le font sont souvent muets sur ce qui les concerne. Il s'agit sûrement d'une forme d'élégance, d'une certaine modestie. Mais pour ce soir, je veux tout savoir, me promener au pied des pyramides, découvrir les banlieues abandonnées d'Europe ou vivre le passage à la démocratie des pays d'Amérique latine. Dans ce voyage au bout de la nuit où je vole à Max les images de sa mémoire, je surfe dans l'espace et le temps, j'entends parler toutes les langues de la Terre. Je suis à la trace mes nounous d'un jour ou de plusieurs années sur leurs terres natales, des pays ravagés par les violences. Je revois leurs visages et leurs sourires qui répondent aux récits que j'écoute de ma meilleure oreille. Je comprends en superposant les deux que Max, par la beauté de ses films, a toujours voulu rendre une dignité à toutes les victimes qu'il a croisées et à qui la vie avait refusé cet honneur.

Il est très tard, j'ai complètement oublié l'aire d'autoroute sur laquelle nous campons une dernière fois. Les camions commencent à lever le camp. Leurs phares nous éblouissent lorsqu'ils passent près de nous. J'ai enlevé mon appareil auditif car j'en ai assez d'avoir ce « truc » dans l'oreille. J'aime me replonger dans un minimum de silence, je lis sur les lèvres. Max dit qu'il faut se reposer avant de reprendre la route. Les lumières des phares balaient sa silhouette et illuminent brutalement ses yeux. Je revois alors dans ses prunelles le reflet du dessin sur le front de sa mère. J'entends les Aborigènes hurler et ma sœur qui me souffle que le pire n'est jamais sûr. Il est écrit que Max va mourir à Bagdad. Je ne veux pas y croire, j'espère que je me suis trompée dans ma lecture prémonitoire. Je veux chasser le dessin de ma mémoire. Max doit vivre.

Pendant mes quelques heures de sommeil, ma sœur s'invite dans mes rêves pour me répéter que le pire n'est jamais sûr, que si l'on peut inverser la vitesse de l'image et du son, Max ne mourra pas. Huit cents mètres-seconde, la balle de kalachnikov ou de M16. Kalachnikov des rebelles irakiens, M16 des soldats américains. Je lui dis qu'il nous faudra son aide, que du ciel, où elle est, elle a intérêt à se bouger, que sa mort, au moins, doit servir à en éviter une autre, beaucoup d'autres. C'est le sens de son sacrifice : elle a renoncé à la vie pour sauver celle des autres, en m'utilisant sur terre.

Au matin, le soleil d'hiver, froid mais lumineux comme je le verrai si souvent au Moyen-Orient, me redonne le moral. Je suis sûre que tout va bien se passer, que Max pourra aller et venir en Irak autant de fois qu'il lui plaira. D'un seul coup, je réalise que j'ai perdu mon « truc », je panique un peu, car personne ne connaît mon petit problème d'oreille et je n'ai pas du tout l'intention d'en parler. Dans ce milieu assez impitoyable, je n'ai pas envie d'être la handicapée de service, ni celle dont on doute, parce que « tu sais, en fait, elle est sourde, je ne sais pas si c'est très sérieux de l'envoyer sur des sujets difficiles et dangereux... ». Finalement, je retrouve ma prothèse auditive, pour reprendre les termes médicaux, au fond de ma poche. J'avais oublié que je l'avais dissimulée à cet endroit.

6

Je rentre à Paris avec « la satisfaction du devoir accompli », comme dirait ma ribambelle d'ancêtres aristos, mais le « terrain » me manque déjà. Je suis devenue accro, instantanément ! Me retrouver assise dans un fauteuil entre un ordinateur, un écran de télévision et un téléphone portable me semble le comble de l'ennui. Tout juste si l'odeur d'essence des camions ne me manque pas. D'ailleurs, en vérité, elle me manque. Tout auréolée de mon scoop sur la fin du mouvement des routiers, je suis décidée à pousser mon avantage et à essayer de passer les frontières de l'Hexagone. Je prends mon courage à deux mains et j'ose demander un rendez-vous au directeur de l'information. Le grand responsable de la rédaction. En cette période de fêtes, il se réfugie au bureau pour échapper aux dindes et aux beuveries qu'il n'apprécie guère. Il me reçoit bien gentiment, ne s'attendant vraisemblablement pas à ma requête. A son âge, il a vu des dizaines de stagiaires passer dans les murs, et la plupart ont complètement disparu des écrans radars de l'information. D'ailleurs, il me rappelle tout de suite qu'il faut une santé de fer, une disponibilité totale, une envie inextinguible de faire ce métier pour avoir une chance de survivre et de progresser.

Sachant que je m'intéresse à l'étranger, il me précise tout de suite que le cursus habituel est de passer quelques années à effectuer des reportages en France, pour se faire la main et gagner ses premiers galons, avant de partir vers des horizons lointains.

« Mahaut, ne te laisse pas impressionner, dis-lui ce que tu veux, vas-y, je suis avec toi, me murmure ma sœur. Fais-lui le décompte de toutes les langues que tu maîtrises, ma petite tour de Babel sur pattes. Vas-y, parle-lui de l'étranger. »

Je me lance, au moment où mon interlocuteur reprend son souffle.

— Je voulais juste vous signaler que je suis prête à partir où vous voulez, que je suis, en effet, d'une disponibilité totale, et que je peux peut-être aussi vous être utile car je parle sept langues. En plus, avec mon physique, mes cheveux bruns et mes yeux gris, je me fonds dans n'importe quel paysage dès que j'ai passé le sud de la Loire, on ne peut pas deviner que je suis française. Je comprends très bien que vous ne puissiez pas me confier à moi seule la responsabilité de reportages difficiles, mais je peux partir avec le journaliste et l'équipe et les aider sur le terrain.

Il me regarde avec des yeux ronds.

— Sept langues ?
— Oui, monsieur.
— Quelles langues ?
— Français, anglais, russe, arabe, pachtou, persan et chinois.
— Et tu les parles bien ?
— Oui, monsieur, sans accent.
« Tu vas gagner, Mahaut, intervient ma sœur dans mon oreille. »
— Et comment as-tu appris tout ça ? poursuit mon chef.
Je lui raconte brièvement ma vie avec mes nounous, mes voyages pour parfaire mes connaissances, dans les pays accessibles où il n'y avait pas la guerre.
— Tu n'as jamais pensé à travailler pour les services secrets ? En espionne, ma petite Mahaut, tu serais parfaite, et Dieu sait s'ils ont besoin de gens comme toi qui parlent toutes ces langues impossibles avec tous les barjots islamistes qui se promènent à travers le monde.
— Si, monsieur, j'y ai pensé mais je veux vraiment être grand reporter.
— Eh bien, la presse a de la chance, Mahaut, que tu l'aies choisie, si tu te montres à la hauteur de l'enthousiasme dont tu fais preuve, avec tes compétences bien particulières. Alors, déjà, tu vas arrêter de me donner du « monsieur », tu m'appelles par mon prénom. A ce propos, tu parles des langues impossibles mais tu as aussi un nom impossible, Mahaut de Baud, tu ne veux pas prendre un pseudo ?

J'entends le bruissement de tous mes ancêtres qui se retournent dans leurs tombes, ma sœur étouffe un petit cri et je réponds en le regardant droit dans les yeux :

— Non, monsieur.

— D'accord, je vois que tu es têtue, c'est une qualité dans notre métier. Ecoute, je ne peux rien te promettre mais c'est vrai que tu as très bien travaillé sur l'affaire des routiers et nous avons besoin de gens comme toi pour étoffer la rédaction. Dans un premier temps, je prolonge ton stage de trois mois. On fera le point après cette période. Bonne chance, Mahaut.

— Merci, monsieur.

Il souffle en levant les yeux au ciel et en souriant, il a compris qu'avec mon éducation, il n'est pas facile pour moi d'appeler par son prénom un homme qui pourrait largement être mon père. J'entends dans mon oreille comme le youyou infini des femmes arabes qui célèbrent un événement heureux. C'est ma sœur qui manifeste sa joie, qui se fait le relais de la mienne. « A la claire fontaine, tu es journaliste, Mahaut... » Les cris de bonheur se marient à la comptine. Je sens que ma jumelle me dépose un baiser du côté gauche, du côté où son cri a crevé mon tympan. Mais surtout du côté de mon cœur.

A travers la paroi vitrée du bureau de mon patron, je lis sur ses lèvres ce qu'il dit à sa secrétaire. Son ombre, qui travaille avec lui depuis vingt-cinq ans. « Elle ira loin, la petite. Elle n'a pas un caractère facile mais ça me change de tous ces cirepompes qui sont prêts à se rouler à mes pieds pour arriver dans ce métier. Et puis, avoir quelqu'un d'aussi cultivé dans la rédaction, ça va relever le niveau. En tout cas, souvenez-vous, Marie, de ce que je vous dis aujourd'hui : elle ira loin, la petite. »

Durant les jours qui suivent, mon ennui s'amplifie. J'ai le « reportage blues » comme les mères ont le « baby blues ». Cette déprime qui suit la naissance du bébé. Quand elles se sentent vides parce qu'elles n'ont plus cette petite vie au plus profond d'elles-mêmes. J'ai un peu l'impression d'être inutile, maintenant que je ne suis plus sur le pont en permanence, à la recherche de la moindre information. Je pense aux vacanciers bloqués et aux camionneurs « bloqueurs » et je me demande comment ils ont repris la routine de leurs vies respectives. Mais en même temps, je n'ai pas envie de les appeler pour avoir des nouvelles car les quelques jours que nous avons passés ensemble, sur notre aire d'autoroute, représentaient une parenthèse qui est désormais refermée.

En cette période de fêtes de fin d'année, je n'ai qu'une envie : fuir Paris, fuir ces réunions familiales où l'absence de ma sœur me désespère, où je n'ose pas croiser le regard de « notre » mère car je ne veux pas me noyer dans notre chagrin commun.

Quand j'étais petite, je me cachais pour rester seule et partager ma part de bûche de Noël avec Laïka, notre chienne dogue allemande qui portait le nom du premier animal envoyé dans l'espace par les Russes. Elle était noire, aussi grande que gentille avec les enfants. J'ai commencé à marcher accrochée à sa fourrure, et quand j'avais un gros chagrin, je me réfugiais dans sa niche, où personne n'aurait pu venir me déloger, au risque de se faire mordre par ma nounou à quatre pattes. Laïka et moi partagions, hormis les friandises, un goût prononcé pour la solitude. La taille de ses crocs a toujours tenu à l'écart tous les importuns. Je lui ai parlé dans toutes les langues que je connais et elle les a toutes comprises. Quand je lui murmurais, pour que personne d'autre n'entende, toute la douleur de l'absence de ma sœur, elle léchait mes mains et mon oreille blessée.

— Tu as un message d'un mec qui n'a pas voulu laisser son nom, me dit la secrétaire, stagiaire comme moi durant les vacances scolaires, mais il m'a assuré que tu comprendrais si je te dis que c'est de la part de « monsieur ». Je crois qu'il est un peu dingue, conclut-elle, sans se douter qu'elle parle du directeur de l'information dont elle ne pouvait pas reconnaître la voix puisqu'elle ne l'a encore jamais rencontré.

Je comprends qu'il se moque gentiment de moi car je n'ai pas réussi à l'appeler par son prénom lors de notre rendez-vous. Je remets à plus tard la lecture de la *Pravda*, un des journaux russes les plus connus, et je me jette sur le téléphone pour appeler le chef. Mon cœur bat tellement fort qu'il cogne jusque dans mon oreille malade lorsque j'arrive dans son bureau. Notre conversation téléphonique a duré exactement deux secondes : « Viens tout de suite », m'a-t-il dit. J'espère qu'il est en train de parler de mon cas avec Marie, son assistante, derrière la paroi vitrée de son bureau, pour que je puisse lire sur leurs lèvres le sort qu'il me réserve. Malheureusement pour mon impatience naturelle, ils sont silencieux.

— Bonjour, monsieur.

Je ne peux pas m'empêcher d'appuyer sur le « monsieur » et je m'en veux immédiatement de mon insolence, je n'ai vraiment pas envie de le vexer. Il a un vague sourire, ignore mon humour, ne perd pas de temps à me saluer et va droit au but :

— Mahaut, tu pars en Australie.

Je le vois d'un seul coup sous les traits du Père Noël, je suis folle de joie, je serais presque capable de lui sauter au cou comme une petite fille dans les bras de son grand-père, mais je ne moufte pas. Ma parfaite éducation d'aristocrate m'interdit de tels débordements. Je m'entends juste murmurer :

— Merci, monsieur.

Il poursuit son monologue.

— Une conférence doit se tenir là-bas sur le réchauffement de la planète, et donc l'avenir du monde. C'est un sujet qui maintenant passionne les foules et tu vas couvrir l'événement car notre spécialiste de l'écologie vient de se casser la jambe, en faisant du ski à Méribel. A son âge, ça fait longtemps qu'il aurait dû abandonner le sport... Enfin bref, tu vas nous faire des reportages sur les kangourous, les koalas, les requins, toutes les bestioles que tu veux, mais que ça donne de belles images qui dépaysent le téléspectateur et le fassent voyager pour pas un sou, en restant le derrière vissé dans son fauteuil, devant son petit écran. On va lever le pied sur les guerres et les horreurs, on ne peut pas faire revenir le petit Jésus mais on va apporter un peu de douceur, d'exotisme et de grands espaces dans le journal. C'est bon pour le moral du pays et pour toi, Mahaut, c'est l'occasion de nous montrer ce que tu vaux. Saisis ta chance, tu n'en auras pas deux comme celle-ci dans ta vie de journaliste. Tu pars le plus vite possible.

Depuis quelques secondes, je vois défiler des dessins d'Aborigènes dans mon esprit, j'entends leur musique si particulière et j'ose demander une faveur.

— Une faveur ? Mais quelle faveur supplémentaire réclames-tu, Mahaut ? Déjà, toute la rédaction va me tomber dessus pour savoir pourquoi j'envoie une débutante plutôt qu'un de nos reporters confirmés, que veux-tu de plus ?

Ma sœur me hurle de ne pas reculer, les Aborigènes chantent et dansent.

— Puis-je partir avec Max, s'il vous plaît, monsieur ?

— C'est ce que tu appelles une faveur ? Je trouve que c'est plutôt une bonne idée. Vous vous êtes bien entendus, je crois, sur l'histoire des routiers, et je sais qu'il t'a appréciée. En plus, cela lui fera des vacances avant d'aller en Irak, ce petit tour aux antipodes. OK, pars avec lui, et maintenant, disparais de mon bureau.

Je tourne les talons, il me rappelle :

— N'hésite pas à me téléphoner quand tu seras là-bas si tu as un problème, et n'oublie pas, donne le meilleur de toi-même.

Je veux donner l'excellence, je veux changer le destin. Je vais demander aux Aborigènes de redessiner celui de Max pour qu'il ne meure pas à Bagdad.

7

Durant toutes ces heures d'avion pour rallier Sydney, je me transforme en spécialiste de la faune et de la flore locales. Le temps de gestation des kangourous n'a plus de secret pour moi, ni d'ailleurs le danger représenté par les grands mâles de plus de deux mètres qui boxent tout être vivant considéré comme hostile. Le knock-out est quasiment garanti et les chances de s'en remettre à peu près nulles. Je me prends immédiatement d'amitié pour les koalas, qui sont extrêmement friands d'eucalyptus, une plante dont j'adore le parfum. J'épuise mon ordinateur à force de consulter sa mémoire que j'ai bourrée d'informations australiennes. Je dévore les kilos de livres, de dossiers, de documents en tout genre que j'ai emportés pour être incollable sur tout ce qui concerne cette terre du bout du monde. J'imagine les hordes de lapins, tellement gourmands que les agriculteurs sont obligés d'ériger des barrières de plus en plus hautes pour les empêcher d'engloutir leurs récoltes. Je m'amuse à me représenter marchant la tête en bas, puisque que je vais me trouver exactement aux antipodes de la France. Si je dépasse l'Australie, j'entame mon voyage de retour.

Max m'interrompt :

— Petite, nous sommes partis depuis douze heures, tu n'as rien ingurgité et tu n'as pas dormi. Première leçon de journalisme : il faut s'économiser dans les moments où cela est possible, et en premier lieu dans l'avion, car après, sur le terrain, on ne sait jamais quand on aura le temps de se reposer et de manger. A notre petit niveau, nous sommes des athlètes, il faut conserver une bonne condition physique et le meilleur moral possible. Alors maintenant, tu fermes ton énième manuel sur la vie sentimentale des grands requins blancs mangeurs d'hommes ou je ne sais quelle autre bête sympathique et tu vas répondre à l'hôtesse qui arrive pour te demander si tu veux de la viande ou du poisson pour ton repas. Exécution, Mahaut de Baud. Pas de discussion.

Je dois rougir un peu. Max a mis le doigt sur mon côté « bonne élève » indécrottable, dû à ma triple solitude. Affective, avec le départ de ma sœur, imposée, avec ma surdité, et enfin, voulue par ma petite personne durant toute mon enfance. Une période qui me paraît très lointaine aujourd'hui et où je me réjouissais à l'avance de rentrer à la maison, alors que toutes les gamines de mon âge espéraient aller dormir chez leur meilleure amie, pour papoter durant des heures et des heures. Moi, je fonçais dans la niche immense de Laïka qui était presque de la taille d'une petite maison. J'avais mes livres, mes cahiers ou mon ordinateur portable sous le bras et je découvrais et dévorais ainsi le monde par procuration, au chaud dans la fourrure de ma « géante allemande ». Quand il faisait trop froid, l'hiver, j'allais la chercher discrètement pour qu'elle vienne dormir dans ma chambre. « Notre » mère faisait semblant de ne pas s'en rendre compte. Quant aux papotages chers au cœur des petites filles, ma jumelle m'a toujours abreuvée de mots, de sentiments, de belles paroles, de recommandations, de chansons, d'instructions qui ont amplement comblé mon besoin d'échange et de dialogue, depuis la nuit maudite de notre naissance. C'est donc ainsi, par inadvertance, que je suis devenue excellente élève, à force de lire, dans une demeure où la télévision était interdite et où les jeux finissaient au grenier rapidement car ils n'avaient pas le don de me captiver. J'ai donc « sauté » deux classes, en toute simplicité et en conclusion de mon penchant papivore. Mes nounous successives se sont chargées de donner de la chair et du sang, beaucoup de sang, à ce monde que je devinais à travers mes ouvrages d'histoire ou de géographie. Ce monde, je désirais passionnément le parcourir. Inconsciemment, sûrement, pour venger le passé de victimes de mes nounous chéries, bouleversées et déracinées par tant de guerres et de violences. Je voulais aller dans leurs pays par fidélité vis-à-vis d'elles. Pour croire aussi en l'avenir. Avec la force et la candeur de mon jeune âge. Toutes les atrocités qu'elles m'ont racontées, ou au contraire qu'elles ont essayé de me cacher pour ne pas m'effrayer, n'ont jamais entamé mon envie de me frotter à l'humanité pour servir la Conscience du Monde. « Langues O », « Sciences-Po », c'est-à-dire langues orientales et sciences politiques, se sont ensuite déclinées après le lycée, en toute logique – la logique de ma vie. Les langues pour communiquer avec mes prochains sans entrave, sans intermédiaire, et abolir ainsi, d'une certaine manière, les frontières. Et les sciences politiques pour essayer de savoir et de comprendre comment le monde a réussi à mettre un tel acharnement à sa propre perte.

Mes diplômes en bandoulière, j'ai osé frapper à la porte de la télévision pour demander à faire un stage. La chance m'a souri, car au moment où je déposais mon dossier à la direction des ressources humaines, la rédaction cherchait dans l'urgence une remplaçante à une stagiaire qui sortait d'une école de journalisme. Elle avait finalement déclaré forfait pour des raisons que personne ne comprenait et ne cherchait à comprendre. En tout cas, c'est grâce à cette jeune fille inconnue dont j'ai pris la place que je suis aujourd'hui en route pour l'Australie.

L'hôtesse a un joli sourire qui lui permet de rassurer les quatre-vingts pour cent de passagers qui ressentent une appréhension en montant dans un avion, d'après les enquêtes effectuées par les compagnies aériennes. Je lui précise que je prendrai du poisson pour le dîner et j'admire le magnifique soleil rouge à travers mon hublot. Je ressens un infini sentiment de liberté et de bonheur, à voler à près de mille kilomètres-heure, à dix mille mètres au-dessus de notre bonne vieille Terre. Nous sommes encore loin de la vitesse du son mais je sais que je vais bientôt l'atteindre.

Je suis assise à côté de Max et de James, le preneur de son-monteur. Ils appliquent tous les deux les bons principes des grands reporters en voyage : ils dorment, puisqu'ils en ont le loisir, au mépris de toutes les règles de décalage horaire et de confort relatif. Si les esprits aborigènes ne réussissent pas à réécrire son destin, Max sera mort dans vingt-quatre jours. Je prends comme un bon présage le fait qu'il se réveille au moment précis où je le regarde, en pensant à cette insupportable éventualité. Il ne sait pas qu'ensemble, nous devons conjurer le sort.

La conférence sur le réchauffement de la planète se passe bien, pour moi en tout cas. La rédaction se déclare satisfaite de mes sujets. Pour notre Terre, l'avenir s'annonce beaucoup moins souriant. Tous les spécialistes confirment que l'être humain court à sa perte si la lutte contre la pollution ne se mène pas avec plus de conviction et de moyens. Les altermondialistes donnent de la voix. Les hommes politiques, qui n'ont rien fait depuis des années, jurent qu'aucun autre sujet ne leur tient plus à cœur que la préservation de la couche d'ozone et les constructeurs automobiles s'engagent à produire plus de véhicules électriques. Des gouttes d'eau dans l'océan de produits toxiques qui nous empoisonnent chaque jour, mais les participants officiels à la conférence veulent essayer de se raccrocher à l'idée que tout ira finalement mieux dans le meilleur des mondes à venir... Il ne faut pas désespérer l'humanité !

En tout cas, durant ce grand show de la soi-disant bonne conscience du monde, je remercie en permanence toutes mes nounous de m'avoir enseigné leurs langues. Ainsi, je peux suivre en direct, et sans traduction, l'immense majorité des débats. Je m'amuse en voyant mes confrères avec leur casque, presque toujours de travers, en train de s'énerver pour régler le son ou trouver, sur l'ordinateur de leur siège, le bon canal pour écouter dans leur langue maternelle les discours des uns et des autres. Ils sont drôles sans le vouloir. J'imagine « notre » mère me reprochant mon manque de charité chrétienne, à rire ainsi des petits malheurs de mes congénères. Et puis, surtout, comme d'habitude, je lis sur les lèvres, de loin, sans risque d'être repérée, tout ce que les participants veulent cacher à la presse. Ou comment ils veulent la manipuler.

Mes cibles privilégiées, dans cette affaire, sont

ceux que l'on appelle en anglais les *spin doctors*. Expression intraduisible en français qui désigne les conseillers en communication des hommes politiques ou des chefs d'entreprise. Ils essaient de passer inaperçus, loin des projecteurs, éminences grises souvent capables de tous les machiavélismes et tous les cynismes. Le record en la matière est détenu par une femme, conseillère d'un ministre britannique. Elle avait expliqué au gouvernement de Tony Blair, le 11 septembre 2001, que c'était le moment de faire passer les mesures impopulaires. Le brave peuple ne s'en rendrait pas compte, affirmait-elle, puisqu'il était tout occupé à pleurer les victimes des tours jumelles de New York détruites par les avions des kamikazes d'al-Qaida... Dans ma « chasse aux *spin* », je vois justement, au loin, deux hommes qui murmurent avec des airs de conspirateurs. Cela suffit largement à exciter ma curiosité. Je m'installe de manière à bénéficier d'une vue imprenable... sur leurs bouches. Je ne suis pas déçue.

« Il faut cibler les jeunes, on est à six mois des élections, il faut absolument donner l'impression qu'on s'intéresse à l'avenir, à leur avenir. Ce sont eux qui vont vivre avec des coups de soleil et de la crème solaire sur la tronche toute l'année, à cause du réchauffement de la planète. Monsieur le Ministre, le vote des jeunes est notre point faible. Il faut inviter un journaliste d'un des médias lus par les ados et les jeunes adultes. On lui fait passer vingt-quatre heures avec vous. Je vois déjà le titre de l'article : "Dans l'intimité du ministre. Son obsession : l'environnement". Cette connerie va nous faire gagner un paquet de voix, et nous, on aura juste à se taper pendant une journée un débile de reporter qu'on traitera comme un roi et qui du coup croira qu'il est devenu votre meilleur ami. Si vous êtes d'accord, j'appelle tout de suite deux ou trois responsables de journaux qui sont à ma botte, et on peut même commencer le reportage ici, dans la fournaise des débats australiens. »

A l'abri, loin des micros, ce *spin* croyait parler sans problème à son « boss », un des ministres les plus charismatiques d'un pays de langue anglaise... On ne se méfie jamais assez des gens qui lisent sur les lèvres. « Et en plus, une fois que cet article aura été publié, on ne sera même pas obligés de ratifier les accords que l'on aura acceptés ici. A la date prévue, c'est-à-dire dans un mois, tout le monde aura oublié cette conférence. Comme ça, on aura fait coup double : ça plaira aux jeunes et on ne se fâchera pas avec nos amis industriels et ceux des groupes pétroliers, qui prendraient très mal le fait qu'on oblige les constructeurs automobiles à fabriquer plus de véhicules fonctionnant aux énergies renouvelables. »

Je me trouve ensuite partagée entre dégoût et fou rire quand je vois arriver un de mes confrères, gonflé d'orgueil et convaincu de son importance. Il croit avoir décroché un scoop, en pouvant passer une journée entière avec le ministre, brutalement devenu si féru d'écologie et défenseur acharné de l'avenir de notre bonne vieille Terre. Mon pauvre confrère, dans toute sa naïveté, ou sa bêtise, pense quasiment être devenu un grand de ce monde, sous prétexte que « Monsieur le Ministre » s'est mis à le tutoyer et à l'appeler par son prénom, George. (Encore un coup du *spin* pour mieux contrôler la presse : la flatter.)

Le soir, au restaurant de l'hôtel où la plupart des reporters sont descendus, je me débrouille pour me retrouver à la table de George. Au dessert, je l'ai convaincu que son « scoop » n'aura de valeur que si son ami le ministre prend officiellement l'engagement de faire ratifier les accords dans un mois, et donc d'appliquer, entre autres, la décision de mettre sur le marché plus de voitures électriques. Ma sœur s'étouffe de rire dans mon oreille. Max ne comprend pas mon intérêt soudain pour ce parfait inconnu qu'est George et qu'il juge, à juste titre, passablement abruti. Et moi, je suis épuisée mais ravie d'imaginer la tête du *spin*, quand il va découvrir que son plan magnifique s'effondre... Je ne suis pas mécontente de servir la Conscience du Monde en déjouant les plans tout à la fois machiavéliques et pitoyables des politiques, et d'apporter ainsi ma petite contribution au sauvetage de la planète face aux pollueurs...

Très vite, la fin de la conférence arrive, et tout en organisant mes tournages sur les animaux des antipodes, il faut que j'entraîne Max sur le territoire des Aborigènes. Ma sœur se trouve à mes côtés dans cette course contre la montre. « Dépêche-toi, Mahaut, le compte à rebours est parti, tu dois maîtriser le temps, aller plus vite que la lumière pour annuler la malédiction qui pèse sur Max. »

J'ai peur, même si j'essaie de repousser cet horrible sentiment. J'essaie de m'anesthésier pour ne pas souffrir, ne pas être paralysée par la panique. J'imite les animaux capables de « s'endormir » la patte avant de la sectionner avec leurs dents pour s'extraire d'un piège. Moi, j'anesthésie mon cœur pour ne ressentir ni peur ni angoisse face à l'incroyable mission qui m'attend. Mais parfois une vague glacée me submerge et je suis, durant quelques secondes, anéantie à l'idée de ne pouvoir sauver mon ami. Dans ces moments-là, ma sœur caresse mon oreille malade comme elle le faisait lorsque j'étais un tout petit bébé qui avait besoin d'être rassuré et elle me murmure des sons qui ne veulent rien dire, sauf pour elle et moi. Des sons qui rappellent les bruits aquatiques que nous entendions dans le ventre de « notre » mère. Un océan de tendresse qui câline la Conscience du Monde.

Avec Max et James, je me renseigne sur le moyen le plus rapide de nous rendre dans le bush, sur les terres ancestrales des Aborigènes. Ces derniers fredonnent dans mon oreille valide, en permanence, depuis que nous sommes arrivés en Australie. Plus nous nous approchons d'eux, plus leur musique est forte. Presque insupportable de décibels, avec ou sans ma prothèse auditive. J'entre ainsi avec eux dans ce qu'ils appellent le *dreamtime* : le temps du rêve.

8

Pour les Aborigènes, le temps du rêve est celui qui a précédé la création du monde. Une période où les esprits régnaient en maîtres, où tout était immatériel. Aujourd'hui, ceux qui savent communiquer avec ces esprits ayant inventé l'univers sont capables de déchiffrer les présages, de reconnaître les mauvais sorts. Ils savent tracer les *dreamlines*, ces lignes invisibles au commun des mortels qui relient les sites sacrés et les points magiques les uns aux autres, à travers tout le pays. Je dois rallier l'un de ces lieux mythiques des Aborigènes pour redéfinir les lignes de l'avenir de Max. Comme pour gommer puis remodeler l'empreinte des lignes de sa main. Ma sœur a pris rendez-vous pour moi dans cet espace entre le rêve et la réalité, entre la vie et la mort.

Dans l'Airbus qui nous amenait en Australie, j'ai trouvé un vieil exemplaire d'un journal iranien glissé, presque invisible, entre mon fauteuil et celui du cameraman. Un des articles était consacré à un petit garçon, Miles, qui avait domestiqué un kangourou, un peu comme dans cette vieille série des années 1960-1970, *Skippy*, qui avait séduit toutes les chères têtes blondes de la planète ayant accès à l'époque à la télévision. Le papier de mon confrère fourmillait de détails sur le gamin et son animal bondissant. Leurs exploits, j'en étais sûre, allaient séduire sans coup férir mon rédacteur en chef ainsi que nos chers téléspectateurs. Je révisais mon persan en lisant comment l'un et l'autre, et jamais l'un sans l'autre, allaient à l'école le matin. Il était précisé que le kangourou, recueilli bébé par Miles, était sensible à la notion de temps puisqu'il était capable de se présenter à l'heure de la sortie des classes pour venir chercher son ami humain. Tous deux faisaient des concours de saut, pour rire, sur le chemin du retour. Les rares spécialistes au courant de cette belle aventure semblaient étonnés par l'intelligence de l'animal, apparemment bien au-dessus du niveau de ses congénères. Un détail, parmi tous ceux livrés dans cet article, avait particulièrement attiré mon attention : Miles habitait aux portes des territoires aborigènes et il s'y aventurait parfois avec son inséparable compagnon qu'il avait surnommé K. Tout simplement.

Nous sommes devant la porte de la maison du petit garçon. Ses parents, quand je leur ai téléphoné, ont été surpris que je sois au courant de l'incroyable amitié qui lie leur fils unique à son drôle d'animal de compagnie, mais ils ont accepté gentiment que nous venions faire un reportage. Ils ne veulent pas être assaillis par la presse locale car ils refusent le risque de devenir une attraction touristique, un but de visite pour les promeneurs du dimanche. Une télévision située aux antipodes de chez eux leur semble donc acceptable. Inutile, par ailleurs, de dire à quel point ils sont fiers de leur fiston capable de domestiquer son kangourou et finalement de communiquer avec lui.

Max a tout de suite un bon contact avec Miles. Leurs prénoms, il est vrai, riment presque. Et l'un, sans le savoir, doit m'aider à sauver l'autre. Depuis le début de ce reportage, j'ai essayé de conserver une attitude naturelle vis-à-vis de Max. Mais le compte à rebours de sa mort annoncée me touche chaque jour davantage. Nous n'avons plus que deux cent quarante heures pour le sauver, et le temps semble s'accélérer. J'ai le même sentiment que les personnes âgées qui se plaignent toujours que le temps aille trop vite. Que les années passent aussi rapidement que les semaines et que les jours se résument à quelques fractions de seconde. C'est dans cet espace-temps de fractions de seconde que va se jouer l'avenir de Max. Je sens qu'il se doute de quelque chose. Il ne me regarde plus simplement comme la fille qu'il n'a jamais eue. Je crois déceler désormais dans son regard une interrogation. Comme ceux qui ont l'intuition qu'un événement extraordinaire va se produire. Un malheur. Mais Max n'est pas du genre à croire aux prémonitions et encore moins à avouer un malaise. Il continue à filmer comme un dieu, à me fournir pour mes montages les plus belles images qui soient. Les plus intelligentes, aussi. Car on peut écrire avec une caméra comme avec un stylo. Dire de la même manière son enthousiasme ou sa distance. Son adhésion ou toute sa critique. Dénoncer les barbares et défendre les victimes.

Miles se laisse filmer par Max sans problème. Le petit garçon oublie vite la caméra pour vivre sa vie quotidienne avec K. Je remarque que lorsque je m'approche du kangourou, les chants aborigènes résonnent de plus en plus fort dans ma tête. Je m'arrange pour que Miles nous entraîne dans une de ses promenades dans le bush. Ma sœur essaie de me rassurer mais elle tient le compte des heures qui passent et qu'elle égrène du matin au soir. « Mahaut, tu vas y arriver. Je ne suis pas morte pour rien. Je suis là pour t'aider à sauver des hommes. Tu vas sauver Max. Garde tes yeux, ton oreille et ton cœur ouverts. Plonge-toi dans la vitesse de la lumière. Je serai près de toi. Je ne t'ai pas infligé le chagrin de ma disparition à notre naissance pour t'abandonner maintenant. Tu sais, Mahaut, que je suis une parcelle de la Conscience du Monde. Ensemble, nous allons sauver un juste. Mon sacrifice, mon renoncement à la vie terrestre, m'octroie le droit de choisir quelques humains promis à la mort pour leur laisser la liberté de vivre plus longtemps. Pour nous aider à lutter contre ce que l'on appelle souvent le Mal. Choisis le mot que tu veux. Je te devais cette explication depuis longtemps, Mahaut. Tu es un des bras armés de la Conscience du Monde sur terre. Tu es ma jumelle. Ma vraie jumelle. »

La tête me tourne. Je ne sais plus où je suis. J'entends une voix, lointaine : « Mahaut, réponds-moi. » J'entends le tonnerre, je devine les éclairs. Je lis sur les lèvres : « Ellevasensortircedoitêtrelachaleur. » Je me souviens d'une nuit, celle de ma naissance. Je suis K. Je le suis. Je marche dans ses pas. Je suis maintenant convaincue qu'il appartient au *dreamtime*, le temps du rêve. Il est un de ces animaux mythiques qui ont créé les légendes aborigènes. J'ai vu dans ses yeux les dessins des destins des hommes. Je vois surtout celui de Max qui doit mourir à Bagdad. Dans cette ambiance surnaturelle, d'un seul coup, je sens une présence, leur présence. Celle des Aborigènes. Ils semblent venus du fond des âges, ils ont traversé toutes les époques pour arriver jusqu'à nous. Avec leur force et leur magie. Ils se tiennent, immobiles, aux portes de leur désert. Leurs visages ressemblent à ceux des hommes préhistoriques et dans leurs regards on devine cinquante mille ans d'histoire et de sagesse. Ils surveillent l'arrivée du drôle d'attelage que nous formons, K., Miles, Max, James et moi, avec notre caméra, notre « mixette » pour enregistrer le son et notre ordinateur, toutes ces petites merveilles technologiques d'un autre monde que le leur.

Nous sommes situés les uns et les autres à chaque extrémité de la chaîne du temps. Nous devons nous rencontrer l'espace d'un éclair pour réécrire une seconde de l'avenir de l'humanité. Pour sauver la vie d'un homme. Ils nous acceptent sans problème, grâce à la présence de K. Ils dessinent souvent dans le sable des tableaux qui représentent des fragments d'existence. Des dessins qui disparaissent dès que le vent se lève. Je sais que ma sœur leur a demandé de redessiner l'avenir de Max. Je devrai donc détecter le nouveau destin de mon ami ainsi libellé dans le sable avant le début de la tempête qui s'annonce. En une seconde, il faudra que d'une manière ou d'une autre je conduise mon cameraman à regarder ce dessin pour qu'il se reflète dans ses yeux. Pour qu'il se superpose à celui qui était inscrit sur le front de sa mère quand il était un tout petit bébé. Pour faire disparaître la malédiction irakienne. Les éclairs se rapprochent de nous, le tonnerre est de plus en plus fort. K. tourne sur lui-même, non loin du feu qui vient d'être allumé. Les Aborigènes commencent à jouer de la musique avec un instrument qui ressemble à une gigantesque corne de brume. Ils dansent, en bougeant tout doucement un seul pied. Le ciel est noir. Bientôt, il n'y aura plus suffisamment de lumière pour qu'un dessin puisse s'inscrire dans les prunelles de Max.

Mahaut, grand reporter

« Mahaut, sois prête, le temps va s'accélérer, va plus vite que lui. » J'entends ce dernier conseil de ma sœur au moment où je devine un geste, au ras du sol. Une petite main tient une brindille et esquisse des formes sur le sable. Ce sont des pointillés. Je ne réussis pas à les déchiffrer, ni à les comprendre. Et puis, soudainement, tout se met en place et s'assemble. Je distingue un B à l'envers, un B comme Bagdad, barré d'un grand trait. La fin de la malédiction. Mais au même moment, le souffle de la tempête balaie notre petit camp de fortune et je vois les empreintes des premières gouttes de pluie dans le sable. Le dessin va être effacé, et Max ne l'a pas regardé. Le feu menace de s'éteindre. Je prends une bûche encore incandescente et, en hurlant de douleur, je la pose à côté du dessin, du destin. Pour que les braises libèrent leurs dernières lumières. Max se retourne, K. le pousse vers moi et je vois enfin le reflet de ce grand B s'inscrire dans les yeux de mon ami. Le temps est suspendu. La seconde d'après, une averse comme je n'en avais encore jamais vu ou même imaginé s'abat sur nous. Dans un dernier éclair, je devine la lettre majuscule inscrite sur la prunelle du grand kangourou qui m'observe, complice, puis il se saisit de Miles pour le protéger et le ramener chez lui. Les Aborigènes disparaissent vers l'horizon. J'ai juste le temps d'apercevoir la petite fille à qui appartenait la main qui a dessiné la nouvelle vie de Max. Elle repart dans le bush, avec sa tribu. Dans la tourmente, un pan de sa jupe se soulève. Elle a une tache sur la cuisse droite. Comme ma sœur. En forme de cœur.

— Non, mais tu es complètement givrée !
Max hurle en regardant ma main.
— Tu ne sais pas que le feu brûle ? Que même s'il n'y a pas de flammes, ça fait mal ? Pourquoi as-tu pris cette bûche ?
Je l'entends à peine. J'ai enlevé ma prothèse auditive en prévision de cette dispute que je savais inévitable, en rentrant à notre hôtel.
— Tu me réponds, Mahaut ?
— Ecoute, Max, je ne pensais pas que j'allais me brûler, et puis ce n'est rien, je n'ai déjà presque plus mal.
— Presque plus mal ? Mais pourtant, tu dois être brûlée au troisième degré.
— Arrête, avec tes cours de médecine. J'ai cru voir un serpent dans le désert, et c'est pour ça que j'ai pris une bûche, pour le faire fuir avec le feu. Et puis, j'aimerais bien parler d'autre chose. Je crois qu'on tient un reportage extraordinaire avec Miles, K. et les Aborigènes.
— Là-dessus, tu as raison, notre histoire va faire du bruit dans le landerneau de la presse. A mon avis, notre grand chef va même se fendre d'un coup de téléphone pour nous féliciter. Il l'a, son conte de Noël qui va faire rêver tous ses téléspectateurs chéris : l'amitié entre un enfant et un animal aux antipodes. Bravo, petite, tu peux rentrer la tête haute à

Paris. Plus personne ne te disputera le droit de faire des reportages, et même du grand reportage. Bienvenue dans notre club de globe-trotters. Je suis fier d'avoir été le premier à travailler avec toi.

Son regard revient sur ma blessure.

— Pour ta main, je préférerais que tu consultes un médecin.

Je m'apprête à lui répondre mais son téléphone portable sonne, opportunément. Je lis sur ses lèvres pour reposer mon oreille

« Allô... oui, ça va... OK, on y va par avion d'Amman. C'est mieux... Oui, oui, on rentre demain à Paris... C'est sûr, notre départ est confirmé vendredi prochain ?... N'oublie pas la trousse de médicaments... Salut, mon gars, je t'appelle dès que j'arrive, si je ne te vois pas à la rédaction. » Il raccroche. Dans son esprit, il a déjà quitté l'Australie.

— Dis-moi, Max, un jour, tu m'emmèneras à Bagdad ?

Ma question le fait éclater de rire.

— Ecoute, Mahaut, c'est un endroit trop dangereux pour une fillette comme toi qui se brûle encore les doigts en jouant avec le feu. Et arrête de me bassiner avec le fait que tu parles arabe. Je le sais. Pour l'instant, tu vas monter notre super-reportage pour l'envoyer à Paris le plus vite possible. Et au trot, James doit déjà t'attendre dans sa chambre pour visionner les cassettes.

Je suis prête à argumenter mais je croise son regard et je comprends que cela ne servirait à rien.

Pour l'instant. J'espère seulement qu'avec sa brindille, la petite main n'a pas oublié de m'inscrire, sur le sable du bush, pour l'un des prochains voyages de Max.

Dans le couloir, ma sœur fredonne dans mes oreilles sur l'air de *A la claire fontaine* : « Tu as réussi, Mahaut. Tu es allée plus vite que le vent et la pluie, tu as arrêté le temps et changé un destin. N'oublie jamais les Aborigènes. Maintenant, ils sont inscrits dans tes pensées. Tu devras faire connaître ce peuple si souvent maltraité par l'Histoire et humilié par les hommes. Utilise ton stylo et ton métier de journaliste pour parler d'eux et transmettre aux autres le goût de les défendre. Tu exerces une des plus belles professions du monde. Il ne faut pas l'abîmer en traitant de sujets insipides et inutiles. Sois la disciple d'Albert Londres, un des plus grands reporters de tous les temps. "Il faut porter la plume dans la plaie", disait-il. Fais-le, Mahaut. »

Je réfléchis à ces paroles en retrouvant James qui m'attend déjà, en effet, pour le montage. En regardant les images que nous avons tournées dans le désert, je commence tout doucement à prendre vraiment conscience que Max va vivre. Nous avons réussi à changer son destin cinq jours seulement avant sa mort annoncée.

9

A Paris, les pauvres sapins de Noël commencent à joncher les trottoirs. Desséchés et nus. La période des fêtes se termine mais la sonnerie de mon téléphone suffit à lutter contre la morosité ambiante. Je reçois de nombreux coups de fil de mes confrères pour avoir des renseignements sur les Aborigènes. Mon reportage a été remarqué par les médias français et la plupart d'entre eux veulent dépêcher des envoyés spéciaux en Australie pour parler de ces hommes d'un autre temps, mémoire de notre passé et acteurs de notre avenir. Cela suffit à mon bonheur d'imaginer que ce peuple du bout du monde va être connu sous nos latitudes. Plus ils gagneront en notoriété, mieux ils pourront se battre pour faire valoir leurs droits face aux Australiens qui les ont si souvent malmenés, maltraités. J'ai l'impression ainsi d'être utile, de réussir à servir la Conscience du Monde.

A la rédaction, les vacanciers sont rentrés. La plupart me félicitent pour mes débuts dans la pro-

fession. Sincèrement. Je croise tout de même des regards de jalousie, faussement souriants. Je lis sur les lèvres quelques réflexions peu amènes de la part de certains confrères : « Evidemment, elle est jeune et jolie. Elle a dû aller draguer le boss pour réussir à décrocher une mission pareille. La promotion canapé, ça remonte à la création de l'univers. »
Le boss en question s'est mis à l'anglais, j'imagine qu'il s'agit d'un clin d'œil à mon côté polyglotte. « *Well done.* » C'est le SMS qu'il m'a envoyé. Court, sobre, sans se perdre dans l'émotion et les sentiments. « Bien joué », pourrait-on traduire en français – le résumé de ce qu'il pense de ma mission en Australie. Il doit être soulagé car si j'avais échoué, il aurait eu sur le dos toutes les vipères de la rédaction susurrant qu'il ne faut pas confier de grands reportages à des « petites reporters ».

Mon téléphone sonne encore. « Privé » s'affiche sur l'écran. J'imagine qu'il s'agit d'un journaliste qui veut des contacts pour rencontrer les Aborigènes.
« *Priviet, Mahaut* » (Salut, Mahaut). La ligne n'est pas très bonne. Ça grésille, ça crachote, il y a de l'écho mais je reconnaîtrais cette voix entre mille, entre des milliards d'autres. Depuis notre enfance, nous parlons russe entre nous. La plupart du temps. Parce que nous adorons cette langue et parce qu'elle a été le moyen de préserver tellement de nos secrets. J'ai envie de hurler de joie, de me mettre à danser, mais je réponds simplement « *Kak diela ?* »

(Comment vas-tu ?). Je lui demande aussi : « Où es-tu ? » Je me reprends tout de suite : « Excuse-moi. »

Il est toujours en mission secrète. Il n'a pas le droit de dire grand-chose de ce qu'il fait et surtout pas au téléphone, sur une ligne qui pourrait être écoutée. « Dis-moi, tu voyages beaucoup ces derniers temps. J'ai vu tes reportages sur Internet. Bravo, Mahaut. » Ses félicitations sont celles qui me touchent le plus, elles valent toutes les autres. Nous sommes amoureux l'un de l'autre depuis que nous nous connaissons, c'est-à-dire depuis que j'ai trois ans et lui six. A cette époque, ses parents ont acheté la propriété à côté de la mienne. Depuis, nous sommes inséparables. Il parle autant de langues que moi puisqu'il a fréquenté les mêmes nounous. Nous avons suivi presque les mêmes études, si ce n'est qu'il a une corde de plus que moi à son arc : il a étudié le droit en même temps qu'il a fait Langues O. Mais il a toujours été attiré par l'action, la vraie. Quand il était enfant, déjà, il me fatiguait car il voulait toujours jouer à « tuer les méchants ». J'enlevais mon écouteur pour ne pas entendre ses « boum-tacatacatac » et autres onomatopées censées reproduire le son d'explosions et de tirs en tout genre.

Aujourd'hui, il appartient au service Action de la DGSE (Direction générale de la sécurité extérieure), les services de renseignements. Il traque les vrais méchants à travers la planète. Il ne joue plus. S'il se fait prendre, les autorités ne pourront rien pour lui. Il travaille toujours sous une fausse identité et le gouvernement français ne doit jamais apparaître comme responsable de ses « coups tordus ». Il exécute tout ce que l'Etat ne peut pas faire officiellement : éliminer des terroristes qui préparent des attentats, « entraver » – pour reprendre le terme officiel – toute action qui pourrait nuire gravement à la France et défendre partout les intérêts de notre pays. Par tous les moyens. Au moment où il me parle, il doit se trouver dans un coin perdu du monde, si l'on en juge par la qualité épouvantable de la liaison téléphonique. Il a été blessé une fois mais nous avons pris l'engagement, il y a longtemps, de ne jamais nous inquiéter l'un pour l'autre. Nous avons mis notre histoire entre parenthèses pour respecter la liberté de l'un et de l'autre. Pour que chacun réalise son rêve professionnel. Nous savons qu'un jour, nous nous retrouverons. Il est le seul au monde à connaître mes secrets. Il s'appelle Oswald.

« *Dosvidania, Mahaut* » (Au revoir, Mahaut). La communication est coupée. Je ne l'ai pas vu depuis plusieurs mois, il ne peut me téléphoner qu'extrêmement rarement et je ne sais pas quand nos chemins se croiseront de nouveau. En France ou à l'étranger. A ce propos, il me met d'ailleurs toujours en garde, il ne cesse de me répéter : « Où que nous nous rencontrions dans le monde, fais comme si tu ne me connaissais pas. » En effet, il ne faut pas que l'on puisse découvrir sa véritable identité quand il opère clandestinement, sous un autre nom, au service de la République. Il serait catastrophique que je l'appelle Oswald publiquement, alors qu'il n'utilise jamais son véritable prénom dans le cadre de ses activités professionnelles. Ce genre d'erreur pourrait même lui coûter la vie.

« *Gde bi mi vstretilis, delai vid, chto mi neznakomi* » (Où que nous nous rencontrions dans le monde, fais comme si tu ne me connaissais pas), *gdebimivstretilisdelaividchtomineznakomi*... Je connais la phrase par cœur, je crois même que j'en rêve parfois la nuit. Je vois sa bouche la prononcer. J'entends sa voix l'énoncer. Toujours en russe. Tout cela constitue une drôle de vie mais c'est celle que nous nous sommes choisie, pour l'instant en tout cas. Alors, haut les cœurs, Mahaut !

Une larme coule tout de même le long de ma joue.

10

Dans les jours qui suivent, j'entame ma période de purgatoire à la rédaction. Pour que je n'apparaisse pas comme la « chouchoute » du directeur de l'info, je ne peux pas repartir tout de suite en reportage, il faut rendre toute la place qui est la leur à mes confrères de retour de vacances. Je fais ce que l'on appelle des « cabines ». Un exercice qui n'excite pas l'appétit des journalistes confirmés puisqu'il s'agit de récupérer des images envoyées par les télévisions étrangères et de les commenter de Paris. Cela exige une heure ou deux de montage et une lecture vigilante des dépêches de l'AFP (l'Agence France-Presse). Cette agence dispose de bureaux dans presque tous les pays du monde et nous envoie donc des informations vingt-quatre heures sur vingt-quatre, trois cent soixante-cinq jours par an. Le but de la cabine consiste à faire coïncider les images et les informations pour présenter dans un sujet de une à deux minutes aux téléspectateurs français un événement qui s'est déroulé en dehors des frontières de l'Hexagone. Ce travail me plaît, tout d'abord parce que je n'aime pas rester désœuvrée, et aussi parce que cela me permet de voyager par procuration. En l'espace d'une semaine, je parle ainsi dans le journal de 20 heures d'un sujet différent presque tous les jours : la grippe aviaire en Indonésie, les combats en Afghanistan entre les islamistes et les militaires occidentaux, un glissement de terrain aux Philippines, les massacres au Darfour, ou encore la famine dans le monde.

L'éphéméride de la misère de notre planète, effeuillé en quelques minutes. Les bonnes âmes considéreront sans doute que ce n'est pas suffisant. Les plus pragmatiques se féliciteront de cette petite piqûre de rappel destinée à réveiller les consciences occidentales qui ont une nette tendance à l'assoupissement. Cette mission sédentaire me permet aussi de surveiller du coin de l'œil les préparatifs de départ de Max pour Bagdad.

« Tu ne vas pas rester dans mes jambes tout le temps, Mahaut, me dit-il. Ma parole, on a l'impression que c'est toi qui pars en Irak. Si tu veux vraiment te rendre utile, utilise tes chères langues. Appelle l'armée américaine sur place pour obtenir nos accréditations, et ensuite tu vas téléphoner à un commerçant de Bagdad dont voici le numéro. On voudrait faire un reportage sur lui et sa famille pour montrer l'enfer du quotidien là-bas. Il s'appelle Mohsen. Il paraît que ce mec est formidable mais il ne parle qu'arabe. Alors, à toi de jouer. Tu m'as dit suffisamment souvent que tu parlais la langue du Prophète couramment. Tu peux lui dire pour le rassurer que c'est Odaï qui m'a donné ses coordonnées. C'est un de nos copains communs. Allez, à cheval, petite. »

Pour la première fois depuis notre retour en France, j'entends les Aborigènes qui chantent et rient dans mon oreille. Je comprends que c'est en tournant ce sujet sur le cauchemar qu'est devenue la vie des habitants de Bagdad que Max aurait dû trouver la mort. La tête pleine de musique, je m'empare du téléphone pour appeler l'Irak. Max prépare ses « bagages » : gilet pare-balles, casque, trousse médicale d'urgence et puis, bien sûr, sa caméra préférée et son MP3.

Je contacte les militaires yankees sans problème car ils disposent de téléphones satellites mais il est impossible de joindre le commerçant. Je connais le début du numéro par cœur, à force de le composer : 00 pour l'international, 964 pour l'Irak puis le 1 pour Bagdad, mais à chaque tentative, se répète à l'infini, dans mon oreille valide, la voix distordue d'un disque qui explique en arabe et en anglais que les lignes sont saturées et que je dois rappeler ultérieurement. Toutes les infrastructures irakiennes ont été largement endommagées. L'eau, l'électricité et le téléphone sont devenus des luxes souvent inaccessibles.

Pour tromper mon ennui et mon impatience, je commence à surfer sur des sites islamistes. La haine transpire à chaque ligne, le désespoir aussi, entre les lignes. La pendaison de Saddam Hussein et de certains de ses coaccusés renforce la conviction des jeunes musulmans qui s'expriment sur le Net qu'il y a toujours « deux poids, deux mesures ». C'est-à-dire que la communauté internationale est plus sévère et souvent même injuste avec les Arabes alors qu'elle ferme les yeux pour le reste de la planète. Il est fait preuve de clémence vis-à-vis de la Corée du Nord qui s'enorgueillit d'avoir la bombe atomique, alors que l'Irak et ses dirigeants ont été détruits sans qu'on n'ait jamais découvert la moindre arme de destruction massive dans le pays.

Les déclarations embarrassées de Londres et de Washington regrettant que les exécutions des dirigeants irakiens aient manqué de dignité de la part... des bourreaux qui ne font qu'enflammer un peu plus les esprits. Elles résonnent presque comme une provocation supplémentaire vis-à-vis de tous ces jeunes musulmans à qui l'Amérique avait promis la démocratie et qui n'ont eu droit qu'à un procès tronqué de leur ancien président. La justice aurait pu mettre face à ses responsabilités et ses atrocités un des grands dictateurs du XXe siècle, mais elle a perdu son âme en décidant d'une condamnation à mort qui ressemblait plus à une vendetta qu'à un moment d'histoire.

Il y a également sur ces sites quelques plaisanteries à l'humour très grinçant, concernant le fait que le président des Etats-Unis, chaque année, gracie une dinde à l'occasion de la fête nationale américaine. La conclusion, bien sûr, est qu'il accorde plus d'importance à la vie des animaux qu'à celle des hommes...

Au moment où je n'y crois plus, j'entends une voix très lointaine qui parle arabe avec un accent irakien caricatural. Mon téléphone refaisait automatiquement, depuis un long moment, le numéro de Mohsen, et le voilà qui répond enfin. Il est heureux de savoir qu'il y a encore des journalistes assez courageux pour venir dans son pays décrire les ruines dans lesquelles vivent les habitants. Ruines des quartiers ravagés par les combats et les attentats-suicides mais également ruines affectives et intellectuelles d'une existence d'où tout espoir a disparu. Ou presque.

Mohsen demande que Max soit le plus discret possible en venant le voir. En Irak, parfois, le simple fait d'avoir des contacts avec des Occidentaux peut suffire à vous condamner à mort, aux yeux d'une des innombrables milices qui quadrillent la ville. Et puis surtout, me dit-il, il faut faire très attention, tout le temps et partout. « La vie d'un homme ne vaut plus rien, ici », déplore-t-il. Je lui donne la date d'arrivée de Max sur place.

« Inch'Allah » (si Dieu le veut), me dit-il avant de raccrocher.

Mohsen, à l'image de la plupart de ses compatriotes, est humilié. Humilié de voir son pays qui fut la Mésopotamie, le berceau des civilisations d'après certains historiens, n'être plus aujourd'hui qu'un champ de bataille où la routine du quotidien passe par le décompte des morts, dans des conditions toujours plus horribles.

Je retrouve Max pour lui rendre compte de mes différents coups de fil et j'insiste sur le fait qu'il doit se montrer prudent. Même si je sais qu'il ne va pas mourir à Bagdad.

11

« Tu veux manger des épinards ? »
« C'est un salaud. »
« Le train part à 14 h 27. »
« Mais non, mon chouchou, qu'est-ce que tu vas t'imaginer ? »
« Attends, je raccroche, le flic va me coller une prune. »
« Je te dis que ce ne sont pas des camélias mais des roses. »
Je me promène dans les rues de Paris et je me livre à l'un de mes petits jeux préférés : lire sur les lèvres au hasard. Cela donne toujours des dialogues de fous, totalement surréalistes, quand je passe ainsi d'une conversation à l'autre, en fonction des bouches que capte mon regard. Depuis que je suis toute petite, je trouve cette distraction très amusante. Souvent « notre » mère ne comprenait pas pourquoi j'éclatais subitement de rire lorsque nous nous promenions ensemble. Je ne lui ai jamais révélé mon inoffensive marotte d'espionne du monde.

Le téléphone, encore le téléphone. Au moment où je décroche, je saisis une dernière phrase, sur des lèvres pincées de l'autre côté du trottoir : « Si ça continue comme ça, je te promets que je demande le divorce. »
— Allô ?
— Mahaut, rapplique dare-dare à la rédac, le chef te cherche partout, m'annonce la secrétaire de « mon » service.
« Les affaires reprennent », me susurre ma sœur, d'un air enchanté.

Cette fois-ci, je pars mais je reste dans l'Hexagone. Direction : plein est, dans les Vosges. Une entreprise a fait démonter toutes ses machines de fabrication de gants dans la nuit. Ce matin, les ouvrières ont trouvé portes closes. Personne évidemment n'avait jugé utile de les prévenir. Ou n'avait eu le courage de le faire. Un des soubresauts de la mondialisation qui se décline sur le mode des délocalisations.
En arrivant sur place avec mon équipe, je remarque sur les étiquettes que l'on glissait dans les boîtes d'emballage des gants, jusqu'à hier : *Maison Lecerf, fondée en 1812. Made in France.* Les étiquettes et les boîtes servent désormais à alimenter un gigantesque brasier aussi brûlant que la colère de toutes ces femmes.
Je n'ai pas besoin de lire sur leurs lèvres pour les comprendre. Leurs regards disent assez leur écœu-

rement et leur tristesse. Elles savent qu'elles ne peuvent pas rivaliser avec les salaires des femmes de tous ces pays lointains où elles n'auront jamais les moyens de se rendre. Des pays dont les noms riment souvent avec des destinations touristiques de rêve. Qui masquent la misère d'Afrique ou d'Asie. Les ouvrières, là-bas, n'ont pas le droit à la parole. Elles s'épuisent sur les machines pour des salaires qui sont la honte des patrons étrangers qui les paient mais qui leur permettent de nourrir leur famille.

Aux abords de l'usine, les journalistes ne sont pas vraiment les bienvenus, surtout les représentants des télévisions.

« Vous êtes tous pourris, vendus aux politiques. Tout le monde se fout de nous. Vous êtes là pour vous nourrir de notre malheur. Vous n'êtes que des vautours. »

Il faut toute la force de persuasion de ses collègues pour calmer Marie-Rose, la plus ancienne des ouvrières. Presque quarante ans de bons et loyaux services. Comme toutes les autres employées, l'année dernière, elle avait accepté une diminution de sa paie pour essayer de sauver « la boîte ». En vain. Elle s'effondre, à l'écart, comme une bête blessée. Les larmes dans ses yeux m'empêchent de voir le dessin de son destin qui était inscrit sur le front de sa mère. Ses lèvres disent : « Mon Dieu, dites-moi que tout ça n'est pas vrai. »

Le patron a disparu, corps et âme... et machines.

À Paris, le gouvernement, pris de court, jure que ça ne se passera pas comme ça. Que tout sera fait pour retrouver un emploi à ces ouvrières qui n'ont pas démérité et pour essayer de mettre la main sur le propriétaire en fuite. Les altermondialistes appellent à des manifestations dans toute la France. Les mouvements de gauche parlent de boycott, ils demandent à la population de ne plus jamais acheter une paire de gants de cette entreprise vosgienne qui a « trahi ses travailleurs ». Les organisations patronales elles-mêmes dénoncent les méthodes de la direction de l'usine, qu'elles qualifient d'« injustifiables ». Cette affaire devient un symbole et cristallise le sentiment diffus de malaise de la société française.

Avec mon équipe, nous faisons des reportages, deux fois par jour, pour le journal de 13 heures et celui de 20 heures. Il est difficile de conserver le minimum de distance qu'exige la profession de journaliste vis-à-vis des gens que nous interviewons et dont nous racontons l'histoire. De conserver ce que l'on appelle souvent l'objectivité. Mes commentaires ne doivent pas ressembler à un tract syndical, pour ne perdre ni leur pertinence ni leur crédibilité. Pourtant, mon cœur chavire quand j'entends le récit de toutes ces vies de « femmes de peine ». Ma sœur me parle dans mon oreille valide : « Ça ne sert à rien de t'apitoyer, travaille, c'est ainsi que tu peux le mieux servir la Conscience du Monde... "À la claire fontaine", maintenant tu es journaliste, Mahaut. »

Mahaut, grand reporter

Marie-Rose, Christine, Thérèse, Jocelyne et les autres. Ouvrières, filles d'ouvrières, mères d'ouvrières, dynasties de petites mains fondées en 1812. Elles étaient prêtes à fabriquer des gants pour toutes les générations à venir et elles étaient fières de transmettre leur savoir. Aujourd'hui, elles se demandent comment elles vont pouvoir joindre les deux bouts. Les maris de certaines de ces femmes sont déjà au chômage. Le combat, si inutile soit-il, contre la fermeture de l'usine est aussi un moyen de défendre un minimum de dignité face au regard de leurs enfants ou petits-enfants. Un regard interrogateur qui ne comprend pas pourquoi « ton chef, il ne veut plus de toi pour travailler à l'atelier ». J'évite soigneusement les maisons où il y a des bébés. Toujours ma phobie des nourrissons et de leurs cris, de leurs pleurs qui me rappellent trop douloureusement la nuit de ma naissance et du départ de ma sœur.

Nous logeons dans le seul hôtel des alentours, au confort spartiate mais au petit déjeuner pantagruélique. Nous y avons vite nos habitudes et les propriétaires, natifs de la région, nous traitent avec une extrême gentillesse. Ils espèrent que nos reportages alerteront suffisamment et surtout durablement les pouvoirs publics, de façon à aider la région à sortir de son marasme. Ou au moins à ne pas plonger encore plus profondément dans le désespoir. Tous les hommes politiques de premier plan viennent se faire photographier au milieu des ouvrières éplorées, « en signe de solidarité de la nation ». Des associations se chargent de récolter des fonds pour les familles de ces femmes. La France retrouve des accents presque révolutionnaires, toutes tendances politiques confondues.

— Mahaut ! hurle le téléphone, ça fait une demi-heure que j'essaie de te joindre !
— Mais monsieur, je faisais une interview, c'est pour ça que j'avais coupé mon portable.
— Bon, bref. Mahaut, je t'appelle parce que ce soir, tu vas faire un direct pour le 20 heures. Cette affaire a pris une telle importance dans le pays qu'il faut absolument que tu nous donnes les dernières infos dans le journal. On t'envoie un SNG, un camion équipé des moyens du direct.
— Mais vous croyez que je peux...
Il me coupe la parole :
— Ecoute, Mahaut, ce n'est pas difficile. Tu respires fort, tu regardes l'objectif de la caméra et tu imagines que tu me parles à moi. Tu m'expliques la situation simplement et tu oublies que tu t'adresses à dix millions de personnes. Tu as compris, Mahaut ? Tu me parles à moi et tu n'auras pas le trac.
— Je vais essayer, monsieur.
— Mahaut, tu n'essaies pas. Tu réussis. Tu prépares un texte simple et court. Si tu veux, tu m'appelles avant de passer à l'antenne pour me le lire. Ah, oui, au fait, tu te coiffes, tu te maquilles. Et tu souris. OK ?

Je n'ai pas eu le temps de répondre, il avait déjà raccroché.

Ma sœur s'amuse : « A la claire fontaine, c'est le début de la gloire, Mahaut ! »

J'essaie de rester calme. Je me concentre. Les techniciens qui s'occupent du SNG ont pitié de la débutante que je suis et sont adorables avec moi. Evidemment, je mets un point d'honneur à ne pas rappeler « le chef » pour lui lire mon papier. Je veux lui prouver que je suis capable d'y arriver seule. Toute seule.

Il est 19 h 45. J'ai mis ma plus jolie veste, gris clair, assortie à la couleur de mes yeux. J'ai coiffé le mieux possible mes longs cheveux qui m'arrivent presque jusqu'à la taille. Nous devons faire les essais de liaison avec Paris. J'ai placé moi-même, dans mon oreille valide, l'oreillette qui me permet d'entendre le présentateur. Personne ne doit se rendre compte que je porte une prothèse auditive, du côté gauche.

— OK, Mahaut, me dit un des techniciens, tu dis quelques mots pour vérifier que la régie à Paris t'entend.

Je suis prise de court, je dis des choses ridicules :

— Il a fait beau aujourd'hui mais il faudrait qu'il pleuve car la région subit une terrible sécheresse.

— Continue de parler, Mahaut, c'est bon.

Mais je lis sur les lèvres de l'ingénieur du son qui s'adresse à voix basse à son collègue, précisément pour que je n'entende pas : « Ne dis rien à cette pauvre fille, c'est son premier direct, il ne faut pas la déstabiliser mais il y a un problème, Paris ne nous reçoit pas. »

« La pauvre fille » en question, moi en l'occurrence, ne se sent effectivement pas très fière. Je continue à monologuer sur les conditions météo et enfin, la magie de la technique opère : tout fonctionne à l'heure dite. Je me répète encore et encore : « Oublie que tu t'adresses à dix millions de personnes. Reste simple et souris. »

Il paraît que j'ai un tout petit peu trop souri pour évoquer un sujet aussi triste. A part ça, « un sans-faute », disait le texto signé : « Monsieur ».

Six heures du matin dans les Vosges. Il est huit heures à Bagdad. Les chants des Aborigènes enflent dans mon sommeil, au point de me sortir de mes rêves. Je ne sais plus où je suis, à peine qui je suis. Huit cents mètres-seconde, la vitesse des balles de kalachnikov, en rafales, se superposant aux chants qui me viennent du désert australien. Huit cents mètres-seconde, la vitesse des balles de M16. Une petite fille aborigène avec une tache en forme de cœur sur la cuisse se met à hurler dans mon oreille. Un incroyable trémolo qui passe de la douleur à la joie. Au même moment, je me sens transportée dans l'espace, plus vite qu'un éclair. Comme un saut inimaginable. Je comprends que le grand kangourou K. a donné sa puissance et sa force à Max pour qu'il échappe à la fusillade qui oppose les combattants irakiens aux militaires américains. Je n'entends pas le bruit de l'impact de la balle. Max a survécu. Il est allé plus vite que la vitesse du son et de la mort. J'ouvre les yeux. Sur la fenêtre, pleine de buée, je devine un B barré, comme si les Aborigènes avaient voulu me laisser un message d'amitié avant de repartir aux antipodes. Leurs chants ne sont plus qu'une rumeur au loin. Ma sœur dépose un baiser sur mon oreille. Et moi, j'éclate de rire. Le plus beau rire de ma vie. Une explosion, en rafales bien sûr, de bonheur.

La journée, décidément, commence sous de bons auspices. Une entreprise de la région annonce qu'elle pourra engager quelques ouvrières. Il ne s'agit pas d'une solution miracle mais c'est une embellie dans ce paysage de tristesse et de morosité. Des messages de soutien arrivent de l'étranger. Dans toutes les langues, il est question de lutte, de combat, et même parfois de victoire. Les quinquagénaires rajeunissent, en se souvenant de Mai 68, et moi je plane sur mon nuage qui se promène entre Bagdad et un petit village des Vosges. Dans les jours qui suivent, le mouvement cependant s'essouffle, l'histoire touche à sa fin. Déjà, d'autres drames font oublier « l'affaire Lecerf ». Le patron est toujours introuvable. Pour la dernière fois, nous retournons au « QG » des ouvrières, c'est-à-dire à la salle de sport du village que le maire a mise à leur disposition. Elles ne sont pas dupes. Elles savent que le jour où tous les reporters auront levé le camp, elles n'auront plus beaucoup de moyens de pression pour obtenir non pas justice, mais au moins une compensation. La rédaction m'a téléphoné pour me demander de rentrer. Cette fois-ci sans discussion possible. Depuis le début de la semaine, je traînais les pieds, trouvant toujours un sujet supplémentaire pour ne pas abandonner ces femmes. Mais ce matin, « Monsieur » lui-même a donné l'ordre du repli sur Paris. J'ai le cœur gros, la seule chose qui m'amuse est d'imaginer la tête de ma brochette d'ancêtres aristocrates au moment de la séparation. Jocelyne, qui a pris la tête de la contestation ouvrière, me dit : « Allez, on se fait la bise. » Je suis aussi émue qu'elle. Qu'elles.

Durant tout le voyage de retour, je ne réussis pas à me défaire d'un indéfinissable malaise. J'ai mal à la tête, j'ai mal à l'oreille. Je suis inquiète. Quarante-huit heures plus tard, Marie-Rose s'est suicidée. Les larmes dans ses yeux m'avaient empêchée de lire le dessin de son destin, le premier jour de notre rencontre. Ensuite, elle avait disparu. Repliée sur son chagrin, chez elle, fuyant la presse et le reste du monde. Elle n'a pas supporté d'être traitée comme un gant usé que l'on jette. Elle n'avait pas non plus les moyens de jeter un gant à la face de son patron pour lui demander un duel loyal, comme on le faisait entre honnêtes hommes, il y a quelques siècles. La nouvelle de son départ n'a pas fait les gros titres.

Mahaut, grand reporter

« La culpabilité ne sert à rien, Mahaut, me dit ma sœur. Et surtout, garde ta colère intacte, en souvenir de Marie-Rose, car ce sentiment est un des moteurs de la Conscience du Monde. »

12

Max rentre de Bagdad. Les télévisions du monde entier ont acheté ses images. Des images d'une infinie violence. Elles montrent des combats entre des jeunes. Presque des enfants, côté irakien, contre des militaires américains à peine plus vieux qu'eux, à peine sortis de l'adolescence. Ils se battent au fusil d'assaut. Kalachnikov contre M16. Des deux côtés s'expriment la haine et la peur. Des deux côtés, on ramasse des morts et des blessés. Des garçons qui devraient être en train d'étudier, de se bâtir un avenir, d'imaginer leur vie d'adulte et de tomber amoureux ne sont plus que des cadavres. Des vies fauchées à la fleur de l'âge. On lit une insupportable douleur sur le visage des blessés.

Max m'avoue qu'il ne sait pas comment il a réussi à sortir vivant d'un tel enfer. Je ne peux pas lui révéler mes secrets. Lui parler du grand K. et des Aborigènes. Lui dévoiler les plans de la Conscience du Monde. Je me contente de lui dire que l'important est que son film va peut-être aider la communauté internationale à réfléchir et à infléchir le cours des choses. Il est à deux doigts d'éclater de rire. Un rire triste et amer. « Petite, ça se saurait si la presse était vraiment le quatrième pouvoir. Si des images ou un article pouvaient changer la face du monde. Redescends sur terre et arrête de rêver. » Pourtant, dans les heures qui vont suivre, le groupe des pays non alignés à l'ONU va demander une réunion d'urgence du Conseil de sécurité. Depuis plusieurs jours, les images de Max envahissent les écrans du monde entier, comme un raz-de-marée. Une déferlante. Un horrible miroir qui renvoie l'humanité à ses responsabilités. A ses incohérences. A cette folie qui conduit au sacrifice une partie de la jeunesse, et donc de l'avenir du monde.

La Croix-Rouge et les organisations humanitaires s'insurgent. Tous les gouvernements démocratiques s'offusquent. La machine est lancée. L'enfer ne va pas se transformer en paradis mais les droits de l'homme, et surtout des enfants, s'inscrivent désormais au cœur d'un débat mondial. Max ploie sous les honneurs, les prix et les félicitations venus de tous les horizons, dans toutes les langues. Je lui sers de traductrice mais tout cela ne l'impressionne pas beaucoup. « Attendons de voir s'il y aura vraiment moins d'enfants tués dans les conflits, petite. Allez, viens, on va déjeuner tous les deux, loin de tout ce tintamarre. »

Dans son restaurant préféré, Max me raconte enfin son séjour à Bagdad. Sa rencontre avec Mohsen, le commerçant qui l'a accompagné pas à pas à travers l'innommable dédale de misère de la ville. Entre les hôpitaux sinistrés, les écoles détruites, les maisons ravagées et avec la haine comme seul ciment de la société. Les gamins, privés d'éducation, deviennent analphabètes, et donc manipulables par n'importe quel groupuscule.

— Celui qui aujourd'hui devrait crouler sous les honneurs, tu sais, petite, c'est Mohsen. Il a pris tous les risques pour nous montrer la vie dans Bagdad, si l'on peut appeler cela la vie. Il a risqué la sienne, et en même temps, il nous a protégés. C'est toujours pareil dans les pays en guerre. On travaille avec des gens du coin avec lesquels on se lie d'amitié, on partage tout, sauf l'essentiel, au bout du compte. Nous, nous pouvons rentrer chez nous, dans notre confort et notre sécurité. Eux, ils restent sur place, au cœur de l'enfer. Depuis que j'exerce ce métier, j'ai une sacrée galerie de portraits dans ma mémoire, de tous ceux que j'ai croisés et, par définition, abandonnés sur place. Parfois, j'ai essayé de leur obtenir des visas quand ils voulaient fuir leur pays mais les capitales occidentales ne se précipitent pas pour accueillir les malheureux. En tout cas, aujourd'hui, je sais que Mohsen est au courant du chambardement mondial qu'ont provoqué nos images. Il n'est pas peu fier !

— *Mabrouk*, dis-je à Max, c'est-à-dire « Félicitations » en arabe.

13

« Notre » mère m'a écrit un mot. Elle veille toujours à dispenser mes oreilles de l'effort nécessaire à l'utilisation du téléphone. Il ne s'agit pas d'un reproche. Elle constate que je ne suis pas venue à la maison depuis très longtemps et elle me demande, « dans la mesure du possible », de me rendre disponible pour une petite fête de famille, le week-end prochain.

J'imagine qu'ils seront quelques dizaines, mes oncles, tantes, cousins, cousines. Des pluies de baisemains vont s'abattre sur les doigts des femmes. Uniquement des femmes mariées, comme l'exigent les bonnes manières, et exclusivement dans les limites d'une propriété, jamais dans un lieu public, hormis le parvis des églises. J'imagine que la couleur dominante sera le kaki, étant donné le nombre de militaires que compte dans ses rangs ma chère famille. Avec un soupçon de bleu marine pour ceux qui servent dans la Royale, c'est-à-dire les marins. Devrait d'ailleurs se dérouler à fleurets mouchetés, comme d'habitude, l'éternel débat sur les qualités respectives des armées : air, terre et mer. Et puis, bien sûr, chacun apportera les informations dont il dispose pour mettre à jour le carnet rose, blanc ou noir : fiançailles, mariages, naissances, baptêmes, communions et communions solennelles, décès. Inutile de préciser que, dans mon monde, il n'est pas question de divorce puisque « ce que Dieu a uni, l'homme ne peut pas le défaire ». Nous avons quelques prêtres dans la famille prêts à le rappeler en cas de nécessité, mais en principe, justement, ce n'est pas nécessaire car chacun se le tient pour dit. A ce propos, il y aura bien quelques vieilles tantes, toujours les mêmes, pour me demander si je ne compte pas mettre un terme à mon célibat, poussées par la crainte de me voir finir « vieille fille ».

Tout cela paraît incroyablement désuet, comme si le temps s'était figé. Pourtant, j'allais dire... « j'adore », alors qu'en principe, « on n'adore rien ni personne d'autre que Dieu », donc, choisissons un verbe différent : j'aime énormément ma tribu d'aristocrates. D'abord, parce que je suis fière des quelques héros qui se sont succédé au fil des générations, des croisades jusqu'à nos jours. J'apprécie le sens de l'honneur qu'ils ont encore souvent, ainsi que le mépris qu'ils conservent pour l'argent, presque toujours. Ils trouvent très mal élevé de parler de ces valeurs sonnantes et trébuchantes, à une époque où l'on ne peut pas écouter une radio sans être submergé presque immédiatement par les cours de la Bourse. Et lorsqu'ils ont quelques économies, elles sont la plupart du temps englouties dans des travaux de réfection de toitures, et sûrement pas dans l'achat de grosses cylindrées. Un choix qui serait « nouveau riche » et, pour tout dire, atrocement vulgaire.

J'ai grandi pétrie de ces valeurs et en arpentant presque quotidiennement la galerie de portraits de mes ancêtres. Je connais les sourcils de chacun, je me demande toujours, en regardant leurs oreilles, si l'un d'entre eux était sourd, et j'imagine la manière dont ils s'exprimaient en observant les rides autour de leurs bouches. Je connais aussi toutes les nuances des couleurs de leurs yeux. Au fil des siècles, j'ai vu le gris évoluer pour arriver au ton très clair de mes prunelles. Le regard le plus perçant et le plus tendre est celui de Melchior, mon aïeul qui avait créé un orphelinat en Afghanistan et qui a été tué en essayant de défendre les enfants face à des hordes sanguinaires. C'est lui qui a fondé notre famille, son portrait est le plus ancien de tous. Il m'a vue faire mes premiers pas et j'ai souvent l'impression qu'il me suit des yeux lorsque je passe dans la galerie. Avec bienveillance et une certaine complicité. Je sais que dans l'infini de l'univers où il se trouve maintenant, il croise souvent ma sœur. Ils se parlent, entre Consciences du Monde.

Le jour dit de l'invitation de « notre » mère, « le possible a donné toute sa mesure », puisque, exceptionnellement, je n'étais ni de permanence au bureau, ni en reportage, et j'ai pu honorer son invitation de ma présence. Ils étaient tous là, comme prévu. Mes parents, presque tous barons, vicomtes ou comtes, portant fièrement la chevalière ornée des armes de leur famille. A l'origine, ce blason était dessiné sur le bouclier des chevaliers et de leurs troupes pour pouvoir repérer amis ou ennemis durant les combats. De ce passé guerrier ne restent souvent que ces bagues, bien inoffensives.

Au milieu de tout ce sang bleu, j'ai retrouvé Célestine, qui s'occupait déjà de la maison avant ma naissance. Elle ne m'a jamais rien interdit, trop bonne pour avoir la moindre envie de me contrarier, même « pour mon bien ». Elle s'amusait à écouter la musique de toutes ces langues que je parlais avec mes différentes nounous. Mais quand je me retrouvais dans son domaine, celui de la cuisine, elle me disait : « Tu pourrais quand même parler français un peu plus souvent. » Elle avait une espèce de crainte diffuse que ce côté polyglotte finisse « par m'abîmer la tête ». Depuis vingt-trois ans, elle va presque tous les jours au cimetière. Je sais qu'elle a ri intérieurement lorsqu'elle a entendu ma tante Madeleine – que l'on appelle, je ne sais pas pourquoi, tante Dolé – oser me poser la question que je voyais circuler sur les lèvres depuis un moment : « Dis-moi, Mahaut, il serait temps que tu songes à te marier. Je comprends que ce doit être très drôle, ces choses que tu fais à la télévision, mais ce n'est pas une vie pour une jeune femme, n'est-ce pas ? » J'ai plaqué mon plus joli sourire sur mon visage, sans répondre. Puis je me suis éclipsée avec Célestine pour aller cueillir les premières fleurs annonciatrices du printemps. Avant d'aller les déposer sur la tombe de ma sœur.

« Monsieur » m'a convoquée. Mon cœur bat la chamade. La période de prolongation de mon stage arrive à échéance. J'ai peur qu'il ne puisse me garder plus longtemps.

— Ah, Mahaut, tu parles toujours le mandarin ?
— Bien sûr, monsieur.
— Alors, tu demandes ton visa pour la Chine. Le pays est en train de s'ouvrir et on va en profiter pour faire un *follow-up* (un suivi) sur l'affaire de tes camarades ouvrières de la maison Lecerf. Apparemment, les gants vont maintenant être fabriqués là-bas, d'après les infos que nous avons. Donc, tu te débrouilles ; je veux tout savoir sur le fonctionnement de l'usine chinoise en question. Je veux tout connaître de la vie des femmes qui y travaillent, leur salaire, leur famille, leurs rêves, leurs espoirs, leurs malheurs, tout, tout, tout... Tu t'arranges comme tu veux, étant donné que tu parles la langue, tu auras un avantage extraordinaire.
— Bien, monsieur.
— Ce n'est pas tout. Comme tu n'auras pas ton visa tout de suite, en attendant, tu pars en Afrique.
— En Afrique ?

— Oui, tu vas nous faire une histoire comme tu les aimes, et surtout comme les téléspectateurs les aiment : humaine, émouvante, pleine de bons sentiments. Il y a une organisation caritative qui s'appelle « Cirque sans frontières ». Elle se rend dans les pays les plus pauvres pour apporter un peu de rire et de bonheur aux enfants de tous ces pays pourris. A mon avis, c'est un bon coup de pied au cul qu'il faudrait mettre aux dirigeants de toutes ces républiques bananières... Oui, bon, excuse-moi de l'expression. Bref, pour l'instant, on leur envoie des clowns, faute de coups de pied dans le derrière, faute de réviser sérieusement la politique africaine de la France et faute de virer les vendus des deux bords, noirs et blancs. Alors, tu vas là-bas et tu nous fais un beau et long sujet sur le bonheur, trop rare, offert aux gamins, sur les étincelles de joie qui brillent dans leurs yeux durant le spectacle, etc. Tu vois le tableau ?

— Oui, monsieur, je vois très bien le tableau.

— Tu pars le plus vite possible en Afrique. Tu demandes les coordonnées de Cirque sans frontières à Marie, mon assistante. Si tu peux, tu gicles dès demain. Avec Max, j'imagine ?

— Oui, monsieur, si c'est possible, avec Max. Merci.

Je me lève. Je me contrôle pour ne pas danser de joie et courir vers mon bureau pour demander mon visa chinois le plus vite possible et réserver les billets d'avion pour l'Afrique.

Mahaut, grand reporter

— Au fait, Mahaut.
— Oui, monsieur.
— Ton stage est prolongé. Ça s'appelle une embauche. On verra les formalités à ton retour.
— Merci... monsieur... Beaucoup... Merci.

14

J'appelle tout de suite le numéro de CSF, c'est-à-dire Cirque sans frontières, à Paris. La responsable s'appelle Julia. Elle est délicieuse, intarissable, et elle possède un enthousiasme communicatif. Elle m'annonce qu'en effet la troupe doit donner une série de représentations dans des camps de réfugiés où ont échoué des victimes des violences qui ont ravagé et ravagent encore le Congo, le Rwanda et le Bénin. Le cirque se déplacera ensuite dans d'autres pays africains. La liste de leurs noms ferait frémir n'importe quel représentant d'Amnesty International : ce ne sont que des dictatures et des pouvoirs corrompus, souvent d'ailleurs les deux vont de pair. Les richesses de ces pays ont été pillées par les dirigeants et leurs amis occidentaux qui ont pris soin de dissimuler leur trésor dans les coffres de banques suisses. A l'autre bout du fil, Julia continue de me vanter le talent de ses artistes .
« Il faut absolument que vous voyiez le clown, Auguste, il est ex-tra-or-di-naire. Il n'est pas encore

connu car il débute et il se contente du salaire ridiculement bas que nous lui offrons. De toute façon, il dit qu'il a tout le temps de gagner sa vie et que pour l'instant il peut bien donner quelques années de son existence aux plus démunis de la planète. Il est même prêt à aller dans des zones de guerre. En tout cas, je suis sûre que le jour où il le décidera, il fera une carrière fulgurante. Vous allez voir, vous rirez aux éclats, comme les enfants. Il faut les voir, les petits. C'est tellement formidable de leur apporter un peu de bonheur alors qu'ils vivent dans une misère atroce. »

Elle me confirme qu'elle va prévenir la troupe sur place de notre arrivée. Les artistes nous attendront de pied ferme. Un reportage diffusé sur une grande chaîne de télévision peut leur rapporter beaucoup de dons. Ce qui signifie plus de rires et plus de petites parenthèses de plaisir à prodiguer aux gamins malmenés par les violences des grands.

Max a pris les billets d'avion, et moi j'ai récupéré à la maison, en haut d'une étagère, un livre tout écorné. Je l'ai dévoré, lu et relu. Certaines pages sont « fripées ». Des petits plis qui sont autant d'empreintes de mes larmes. J'ai pensé à le prendre pour le voyage grâce au prénom de la responsable de CSF. Il s'intitule *Julia*. C'est un de mes ouvrages préférés. Il raconte l'histoire d'une amitié indéfectible entre une intellectuelle juive et sa meilleure amie d'université, dans une Europe des années 1930 ravagée par la montée en puissance du nazisme.

L'une s'appelait Julia, l'autre Lillian. Il est question de courage, d'héroïsme, de mort et d'un bébé. Je sais que je vais pleurer dans l'avion.

A l'atterrissage, il fait une chaleur étouffante et humide. Un tout petit bimoteur nous attend pour nous amener dans la zone où sont situés les camps de réfugiés. Nos vêtements collent à notre peau, nous sommes en nage quand nous arrivons enfin dans la pauvre maison où nous allons loger. Il est tard, nous sommes épuisés. Demain matin, à la première heure, nous avons rendez-vous avec la troupe de CSF.

Ils sont une dizaine, tous bronzés et sympathiques. Ils profitent de la température encore un peu fraîche pour s'entraîner. Il y a des acrobates, des jongleurs, un cracheur de feu réunis sous une immense tente qui fait office de chapiteau, aux portes du camp de réfugiés. Ils commencent à nous raconter leur histoire. Comment ils ont décidé de quitter l'Europe pour se retrouver dans la fournaise africaine. Pour faire naître des sourires sur des visages d'enfants malheureux. Et de leurs parents.

Sophie, la plus âgée, qui est un peu la maman de la bande, se confie : « Durant toute ma jeunesse, j'ai milité, j'ai cru que l'on pouvait changer le monde. Que le bien pouvait terrasser le mal. Et puis j'ai compris. Compris que les régimes sanguinaires avaient encore de beaux jours devant eux. Que l'Occident, par lâcheté, par intérêt ou par indifférence, ne se battrait pas pour imposer la démocratie sur la planète. On sait que certains dirigeants soi-disant présentables se font rémunérer pour fermer les yeux sur les violations des droits de l'homme. J'ai bien failli entrer dans un ordre contemplatif pour chercher la paix et le silence auprès de Dieu mais, finalement, j'ai préféré essayer de soulager la douleur des malheureux. L'espace d'un moment, l'espace d'un éclat de rire. C'est une solidarité qui se décline sur le mode de la plaisanterie mais qui est très sérieuse puisque nous sommes là, à vivre aux côtés des laissés-pour-compte. Pas pour toute la vie mais au moins pour qu'ils sachent qu'ils ne sont pas oubliés de tous. Et puis, vous savez, le rire est une langue universelle. Avec un rire ou un sourire, on peut tous se comprendre. »

Sophie a résumé en quelques phrases la philosophie de la troupe. Le clown n'est pas là mais si nous repassons plus tard, nous pourrons le rencontrer. Il est sûrement quelque part dans le camp. Nous voulons justement aller à la rencontre des réfugiés. Ils sont des milliers qui vivent dans des conditions épouvantables, avec une hygiène des plus sommaires et dans une insupportable promiscuité. Pourtant, une partie des bonnes volontés du monde se trouvent à leur chevet. Il y a une dizaine d'ONG (Organisations non gouvernementales), en fait des associations caritatives qui ont pour objectif, partout dans le monde, de lutter contre le malheur. De protéger les plus faibles. Mais rien ne peut remplacer une solution politique qui permettrait à tous ces gens de rentrer chez eux et de vivre dignement. Malheureusement, toutes les négociations sont au point mort. Les tentes s'étalent à perte de vue. Pour longtemps. Nous recueillons des témoignages, tous plus poignants les uns que les autres.

Lorsque nous retournons un moment sous le chapiteau de CSF, où nous avons laissé notre matériel, pour prendre des cassettes vierges, le clown n'est toujours pas là. Nous passons d'ailleurs notre journée à le manquer. Je pense qu'il est peut-être à l'école ou à l'orphelinat mais il ne s'y trouve pas lorsque nous nous présentons sur place. Je renonce à le chercher, submergée par tout ce que nous devons filmer dans le camp, et nous plongeons dans l'horreur des souvenirs des anciens enfants soldats.

Ils nous racontent tous le même cauchemar. Comment ils ont été enrôlés de force, parfois tout petits. Ils ont été armés et contraints de se battre. A l'âge où l'on joue à la guerre mais où il est en principe, en fonction des conventions internationales, absolument interdit de la faire. Certains ont été obligés de tuer. D'autres ont dû mutiler des prisonniers.

Je ne veux pas lire dans les yeux de ces adolescents le dessin de leur destin qui était inscrit sur le front de leur mère. Discrètement, j'enlève ma prothèse auditive. Je ne veux plus rien entendre. Je veux sortir de cet univers infernal. Ne plus avoir l'impression d'être éclaboussée par le sang des victimes de ces récits.

La bouche de Max me dit : « Petite, on a encore raté le clown. J'ai peur qu'on ne puisse pas le voir pour l'interviewer avant la représentation. » J'ai le cœur au bord des lèvres. Pour l'instant, je me moque éperdument du clown. Je n'ai pas envie de rire.

Deux heures plus tard, j'ai retrouvé un semblant de moral, remis en place mon écouteur, et la fête du cirque bat son plein. Le chapiteau est rempli à craquer. Les enfants nagent dans le bonheur, les parents semblent oublier leur quotidien incertain et leur avenir désespérant. La musique est forte, certains spectateurs dansent, les jongleurs et les cracheurs de feu se croisent sur scène dans un magnifique ballet. Bizarrement, depuis un moment, les Aborigènes chantonnent dans mon oreille. Je ne réussis pas à décrocher mon regard des petits qui ont l'air tellement heureux. Soudainement, ils se mettent tous à hurler. De joie. Le clown vient d'entrer sur la piste. Ma sœur rit doucement. Auguste porte une énorme perruque rouge et un immense chapeau qui dissimulent presque tout son visage outrageusement maquillé, où l'on ne discerne finalement que le dessin d'un immense sourire qui va d'une oreille à l'autre. Il a un costume bariolé trois fois trop large pour lui ainsi que des gants et des chaussures dix fois trop grands. Il ne dit pas un mot mais sa gestuelle est irrésistible. Il tombe sans cesse, se relève, virevolte. Il enchaîne les pitreries. Distribue aux spectateurs des papiers multicolores. Il les fait apparaître, disparaître, puis il les lance en l'air et se retrouve noyé, presque perdu, sous une pluie de taches de couleur. Des cascades de rires envahissent le cirque. Certains, adultes et gamins, écrasent des larmes sur leurs joues, qui, pour la première fois depuis des années, n'ont rien à voir avec le chagrin. Je ne peux pas vraiment regarder le spectacle car j'aide Max à se déplacer au milieu de toute cette foule riante. Notre gymnastique pour éviter de marcher sur les pieds des spectateurs est digne d'un numéro de contorsionnistes. Le clou du spectacle du clown approche. Le moment, inévitable, où il choisit un pseudo-volontaire dans le public pour le faire participer à un sketch.

Je vois Auguste s'avancer dans ma direction. J'essaie de deviner, parmi tous les enfants qui m'entourent, celui qu'il va désigner. Mais je comprends, stupéfaite, qu'il a jeté son dévolu sur moi. Je lui fais de grands gestes de dénégation mais il est trop tard. Toute la salle applaudit en cadence pour m'encourager. Il me prend la main, m'entraîne vers la piste. Il me fait tourner sur moi-même et exécuter un étrange pas de deux. Mon cœur chavire. Je cherche ses yeux sous sa perruque. Une seule personne au monde est capable de me faire danser de cette manière : Oswald. Ma sœur hurle de joie, les Aborigènes exultent. Je lis sur la bouche de ce sourire démesuré :

« *Gdebimivstretilisdelaividchtomineznakomi* » (Où que nous nous rencontrions dans le monde, fais comme si tu ne me connaissais pas).

Je suis dans les bras d'Oswald qui ne cesse de me faire bouger, virevolter, tomber, pour que personne ne puisse remarquer le moindre soupçon d'étonnement sur mon visage. Je ne sais pas ce qu'il me fait faire, je m'exécute comme un automate, mais ce doit être une réussite car j'entends des hurlements de rire dans le public. Oswald, mon insaisissable Oswald, dont je n'avais aucune nouvelle depuis plusieurs semaines, a donc pris l'identité d'un clown pour je ne sais quelle mission secrète dans cette Afrique dévastée et dangereuse. Il me glisse à l'oreille, en russe : « Je t'expliquerai tout demain, à la distribution de médicaments organisée par l'ambassade de France. »
Pour parler, il a caché sa bouche dans mes cheveux. Il sait qu'il existe des gens qui lisent sur les lèvres...

Le soir, je ne trouve pas le sommeil. Je ne cesse de m'interroger sur la mission d'Oswald ici. Je suis heureuse d'avoir su dissimuler ma surprise en le reconnaissant, pour ne surtout pas le trahir. A ce sujet, je ris toute seule en me remémorant une histoire, célébrissime dans ma famille, concernant les secrets bien gardés. Durant la Deuxième Guerre mondiale, ma tribu d'aristos, résolument engagée dans la Résistance, accepte d'héberger un pilote britannique dont l'avion a été abattu par les Allemands. Ma grand-mère Sixtine, qui à l'époque a à peine sept ans, reçoit comme consigne de ne parler de cet hôte de passage à personne. Absolument personne. « L'ami anglais » est là depuis quelques jours quand mon arrière-grand-mère est convoquée par la directrice de l'école : la petite Sixtine était devenue brutalement parfaitement muette. Elle qui est plutôt du genre pipelette invétérée ne répond même plus quand on lui pose une question. Elle ne dit plus ni « bonjour », ni « merci ». Rien. Pas un mot. Mon arrière-grand-mère joue l'étonnée mais elle comprend tout de suite l'origine du problème. Le soir, elle explique à Sixtine, tranquillement, qu'elle ne doit pas parler du « monsieur » mais qu'elle peut s'exprimer sur tout le reste. Ma pauvre grand-mère finit par avouer qu'en effet elle a tellement peur, « sans le faire exprès », de dénoncer la présence de l'invité, qu'elle a décidé de ne plus prononcer un seul son... Les choses sont progressivement rentrées dans l'ordre. Les résistants français ou anglais ont continué de transiter par la maison familiale sans plus jamais arrêter ni même ralentir le moulin à paroles de la petite Sixtine.

Ces souvenirs familiaux ne durent qu'un temps dans mon esprit, et mes efforts pour m'endormir ne servent à rien. Je n'ai qu'une envie : retrouver Oswald à la distribution de médicaments de l'ambassade, où notre rencontre paraîtra naturelle et logique. Où il pourra enfin me dire ce qu'il fait ici. Il est presque deux heures du matin, la chaleur est étouffante et je décide, pour tromper mon impatience et mon insomnie, d'essayer de faire fonctionner ma petite radio. Je l'oriente dans tous les sens, je tripote tous les boutons pour essayer de capter un flash d'informations. Enfin, le miracle se produit, je reconnais le « jingle », c'est-à-dire la petite musique qui précède les « news » de la BBC, la radio publique britannique. Il est 19 heures à New York, au siège des Nations unies. Le présentateur annonce qu'une résolution vient d'être votée qui autorise les poursuites, dans le monde entier, contre toute personne ayant mis en péril la vie d'un enfant dans un pays en guerre. Un tribunal spécial va être créé. Tous les pays membres de l'ONU acceptent, dans la même résolution, d'extrader leurs propres ressortissants pour qu'ils s'expliquent devant la justice, en cas de nécessité. Le crime contre les petits devient imprescriptible, c'est-à-dire que, quel que soit le temps écoulé, les tortionnaires devront répondre de leurs actes. Le journaliste rappelle que ce virage majeur dans les relations internationales et dans la gestion des conflits n'a été rendu possible que grâce à une vague d'émotion qui a submergé toute la planète et a obligé, sous la pression de l'opinion publique scandalisée, les dirigeants du monde à réagir à l'intolérable. Il rappelle alors la force des images de Max, qu'il appelle Mex, avec son accent anglais, et décrit la scène de combat atroce que mon ami a filmée. Mais je suis déjà dans le couloir en train de courir, de hurler plus fort que ma sœur, plus fort que les Aborigènes. Plus fort que je n'ai jamais hurlé de ma vie.

— Maaaaaax, Max !

J'ouvre la porte de sa chambre sans même frapper, à toute volée.

— Max, vous avez gagné, Mohsen et toi. On n'a plus le droit de tuer les enfants, Max, on n'a plus le droit d'enrôler des enfants soldats ! ! !

Mon ami se réveille instantanément :

— Qu'est-ce que tu racontes, Mahaut ?

— Max, le texte a été voté à l'unanimité.

Je tiens toujours à la main ma petite radio. Un brouhaha s'en échappe. Je crois, une fois de plus, que la réception est mauvaise, mais en la plaçant du côté de mon oreille valide, je comprends qu'il s'agit d'une salve d'applaudissements. Interminable. Le présentateur de la BBC parle de *standing ovation* : tous les membres de l'ONU sont debout pour applaudir et célébrer ce moment magnifique. Une manifestation de joie rarissime entre les murs de cette vénérable institution. Pour une fois, les Nations ont réussi à être unies pour le meilleur et tenter d'éradiquer le pire.

Le visage de Max s'illumine. Je sais qu'un grand kangourou fait d'immenses bonds euphoriques, de l'autre côté de la planète. Les Aborigènes chantent et dansent. Ma sœur saute d'un nuage à l'autre, au rythme de son bonheur. Une toute petite main munie d'une brindille dessine le visage d'un clown au large sourire sur le sable du désert. Les Consciences du Monde se réjouissent, pour une fois, de la sagesse des hommes.

Le matin, à l'aube, j'appelle « Monsieur » pour lui proposer un sujet sur la base des témoignages des anciens enfants soldats que nous avons recueillis la veille et qui peut illustrer, s'il en était encore besoin, l'urgente nécessité de la résolution de l'ONU. Il me demande de l'envoyer à Paris par n'importe quel moyen, de manière qu'il fasse « l'ouverture » du journal de 20 heures. C'est-à-dire qu'il soit le premier reportage diffusé.
Je me précipite dans la chambre du monteur, le toujours silencieux James. Nous commençons à choisir certains passages de ces confidences, horribles, mais qui permettent de réaliser concrètement la violence, l'inhumanité infligées à ces gamins. Pendant ce temps, Max se débrouille pour trouver un moyen d'acheminer notre sujet jusqu'à Paris en temps et en heure. Il trouve un petit avion qui doit rallier la capitale en début d'après-midi. Sur place, se trouve une télévision américaine dont nous pourrons louer les services et qui diffusera notre reportage par satellite vers Paris.
A la fin du montage, j'ai presque envie de vomir. Je croise les doigts pour que les tortionnaires de

tous ces jeunes soient parmi les premiers à être traînés devant le nouveau tribunal spécial de l'ONU. Seule la perspective de retrouver Oswald, un peu plus tard, me permet de garder un semblant de sourire. L'après-midi, j'apprends que les Chinois, pour donner une belle preuve d'ouverture, ont accepté de nous délivrer nos visas dans les trois jours. Nous allons donc rentrer demain à Paris, monter notre long reportage sur Cirque sans frontières et repartir immédiatement.

15

En tout début de soirée, sous la grande tente qui sert de chapiteau, d'énormes caisses de médicaments mais aussi de couvertures, de vêtements, de nourriture, estampillées « République française », sont entassées les unes sur les autres, attendant d'être distribuées. L'ambassadeur est venu en personne pour souligner « toute l'importance que la France attache à la résolution de cette crise humanitaire », et deux diplomates responsables des situations d'urgence ont été dépêchés spécialement de Paris. Ils acceptent d'ailleurs tout de suite de nous ramener le lendemain en France, à bord de leur avion affrété par le ministère des Affaires étrangères.

La troupe du cirque arrive enfin. Max filme ces plans qui seront les derniers de notre sujet : les artistes qui aident à répartir dans le camp l'aide humanitaire. Oswald va saluer l'ambassadeur avant de se diriger vers moi. Je fais semblant de ne pas le voir approcher mais je me demande si les autres entendent mon cœur qui bat tellement fort. Il me propose : « Si vous voulez, je peux vous présenter deux ou trois familles qui vont recevoir les premières les médicaments. Elles accepteront ensuite plus facilement votre présence quand vous viendrez filmer. »

Il a parlé suffisamment fort pour que les personnes à côté de nous puissent l'entendre, afin que l'alibi de notre escapade soit crédible.

Je réponds sur le même ton : « Oui, merci, je pense que c'est une excellente idée », et préviens Max et James que je pars quelques minutes repérer les endroits où nous allons tourner.

Aussitôt que nous sommes sortis de la tente, Oswald commence à me parler tout en marchant et en faisant semblant de se gratter le nez pour dissimuler sa bouche.

— Mahaut, nous n'avons pas beaucoup de temps. Je suis ici pour ce que nous appelons une « exfiltration ». Nous devons sortir de ce camp, où il est caché sous une fausse identité, le chef de l'opposition démocratique. Tous les gouvernements dictatoriaux et corrompus de la région veulent l'assassiner car il est le seul capable de fédérer un grand mouvement qui pourrait les renverser. La France a décidé de le protéger, de l'aider, et même d'armer ses troupes, si nécessaire. Il n'est plus question de soutenir des tortionnaires. C'est une page de la politique africaine de la France qui se tourne. Nous allons promouvoir partout la démocratie. C'est un beau principe et c'est un bon moyen de conserver notre influence en Afrique alors que les Américains essaient sans cesse de nous supplanter, sans parler des Chinois qui cherchent à s'imposer. Je suis sûr que tu es contente, toi, ma Mahaut, mon amour tellement idéaliste, de savoir que les droits de l'homme vont devenir, encore bien plus qu'avant, notre étendard.

Oswald a parlé à toute allure, en mélangeant les sept langues que nous connaissons, lui et moi, depuis notre enfance. Ainsi, même si une personne a réussi à saisir son murmure, le risque est infinitésimal qu'elle ait compris quoi que ce soit. Dans un souffle, il me glisse, en russe, notre langue préférée :

— Mahaut, si tu savais comme tu m'as manqué.

Je n'ai pas le temps de répondre. Nous arrivons dans la première famille qu'Oswald veut me présenter. Je comprends très vite qu'il utilise notre visite journalistique comme couverture pour passer les dernières consignes à ceux qui vont participer à l'opération d'exfiltration, prévue le soir même. De faux réfugiés, qui sont en fait de vrais guerriers prêts à défendre cet espoir de démocratie. Je devine comment les messages ont circulé en voyant ici et là des petits papiers de couleur : ceux qu'Auguste le clown fait voltiger durant son spectacle. Oswald me frôle et m'effleure, seul moyen pour lui de me dire son amour au milieu de cette foule, à quelques heures d'une mission délicate. Mais je suis rassurée en plongeant mon regard dans ses yeux verts, un peu en amande, qui lui viennent de ses ancêtres d'Europe de l'Est. Le dessin de son destin n'a pas varié : je le connais par cœur. Oswald va vivre et survivre au milieu de tous ces dangers. Je le vois dans ses prunelles : un jour, il sera un vieux monsieur, un très vieux monsieur d'au moins quatre-vingt-dix ans...

L'opposant qui incarne la démocratie dans cette partie de l'Afrique a pour nom de code « Nelson ». Comme Nelson Mandela, son maître à penser : le leader qui est venu à bout de l'apartheid, c'est-à-dire du racisme institutionnalisé en Afrique du Sud. A l'époque, jusqu'au début des années 1990, seuls les Blancs avaient le droit de diriger le pays et de jouir de tous les privilèges. Ceux qui osaient dénoncer cet indéfendable système terminaient dans des geôles moyenâgeuses, ou même sauvagement assassinés.

« Le nouveau Nelson » est caché à l'infirmerie du camp. Pour expliquer l'isolement dans lequel on le maintient, une version pseudo-médicale circule sur une suspicion de méningite particulièrement virulente. On en a décrit tous les symptômes à « Nelson », qui fait de son mieux pour jouer au malade. Le médecin bénévole se demande s'il ne s'agirait pas plutôt d'un problème aux cervicales, mais il a tant à faire avec les réfugiés qu'il délaisse fort opportunément ce patient si spécial. Quant à la pauvre fille qui fait le ménage, elle a dû voir tellement d'atrocités qu'elle a le regard vide et ne doit même pas remarquer l'arrivée ou le départ des patients de l'infirmerie.

Je ne suis pas tranquille. Malgré toutes nos promesses et mes engagements, je m'inquiète pour Oswald, pour cette opération de ce soir. Ma sœur ne cesse d'essayer de me rassurer : « Tu as vu le dessin de sa vie dans ses yeux, il ne va pas se faire tuer, Mahaut. Arrête de te faire du souci. Et puis, je suis là. Tu sais très bien que je serai près de lui. Tout le temps nécessaire. » Je lui réplique : « Je veux y être aussi, tu ne peux pas me faire ça, me laisser à l'arrière. Je sais qu'il va se passer quelque chose. Cela fait trop longtemps que les Aborigènes ne chantent plus dans mon oreille. » J'use de tous les arguments, entre menaces et chantage affectif, et je finis par convaincre ma sœur. « D'accord, Mahaut, tu vas pouvoir suivre l'exfiltration. Mais il va falloir aller vite, très vite, Mahaut, et faire exactement ce que je te dis. »

De loin, je vois des ombres qui charrient des caisses. Je ne peux pas lire sur leurs lèvres. Il fait déjà nuit depuis longtemps. Mais je discerne des reflets, les reflets de la lune sur les culasses des fusils. Les grandes malles frappées du sceau « République française », destinées officiellement à transporter des couvertures, sont en fait des armureries ambulantes.

Je reconnais les membres des « familles » à qui nous avions rendu visite dans l'après-midi, Oswald et moi. Ma sœur m'explique que les despotes de la région ont réussi à infiltrer dans le camp certains de leurs espions. On ne peut donc exclure que la véritable identité de « Nelson » ait été découverte et qu'au dernier moment un commando essaie de l'éliminer. Toutes ces armes que l'on décharge sont là pour riposter en cas d'attaque. Un hélicoptère, un Cougar, doit arriver. Il restera au sol uniquement le temps d'embarquer son précieux passager. L'action n'est censée durer que quelques secondes.

J'entends encore les dernières recommandations d'Oswald, dans la soirée, quand il a pu passer un petit moment me voir, dans ma chambre : « Mahaut, ce soir, tu restes enfermée. Quoi qu'il se passe, tu ne bouges pas. Je t'aime. Je ne veux pas te perdre. Ni même m'inquiéter pour toi, au beau milieu de cette exfiltration qui risque d'être difficile. D'accord ? » Pour ne pas avoir à lui mentir, je n'ai rien dit et j'ai préféré l'embrasser. Je repense à ce baiser, cachée derrière la végétation, à trois kilomètres du camp. Les Aborigènes retiennent leur souffle et ma sœur se trouve au plus près de mon oreille valide pour me donner des instructions de survie. L'air semble palpable, tellement il fait chaud. Cette attente et ce silence anormal m'insupportent.

D'un seul coup, l'espace semble se fractionner.

Mahaut, grand reporter

Mes yeux enregistrent plusieurs actions en même temps. Ma sœur me prévient : « Le baud, Mahaut de Baud, une des plus petites unités de mesure du temps. Pour la vitesse d'une modulation. La fréquence de l'émission d'un son. Il va falloir être aussi vive que l'éclair pour honorer ton nom et échapper au mal. »

A ma droite, à l'est, je vois arriver « Nelson », agrippé au bras de la « femme de ménage » de l'hôpital. Mais elle n'a plus le regard vide de ceux qui ont vu trop d'atrocités. Elle est armée et ses yeux fouillent chaque parcelle des environs avec une incroyable vivacité. Un peu plus à l'ouest, je reconnais Oswald qui lui fait un signe, probablement parce que l'hélicoptère arrive. Il porte des JVN, des jumelles de vision nocturne qui lui permettent de voir presque comme en plein jour, dans cette nuit noire. Au nord, face à moi, je décèle un mouvement, une lueur. Ma sœur me hurle : « Mahaut, couche-toi et rampe sans t'arrêter. Tu viens d'être repérée. » Je vois la grenade exploser à l'endroit où je me trouvais un baud avant. Le tympan de mon oreille droite implose, quand je repère le reflet de l'œil doux du grand K., le kangourou qui m'a fait franchir l'espace nécessaire à ma survie.

Oswald, la « femme de ménage » et les faux réfugiés tirent comme des fous en direction des assaillants. Les échanges de feu sont ininterrompus. « Nelson » a disparu. Un des « acrobates » du cirque s'est couché sur lui pour le dissimuler et lui faire un rempart de son corps.

Je rampe, sans lever la tête. Ma sœur me guide à chaque seconde, à chaque mètre, à chaque respiration qui prouve que je suis encore en vie. Au moment où je ne l'espérais plus, la fusillade semble un peu diminuer d'intensité, et enfin elle se calme. A l'instant où elle s'arrête complètement, j'ai la bizarre sensation d'être aspirée dans les airs.

L'hélicoptère est au-dessus de moi. Personne ne pouvait l'entendre arriver car il a volé en rase-mottes, c'est-à-dire quasiment au ras du sol, et dans ces conditions, le son ne circule pas. Il faut vraiment que l'appareil soit presque à la verticale pour être assailli par le bruit assourdissant de ses moteurs et de ses pales. Je vois Oswald parler dans un minuscule micro. Il n'a pas voulu annuler l'exfiltration, malgré le danger. Je lis sur sa bouche qu'il s'adresse au pilote et qu'il le guide.

L'énorme masse du Cougar se pose, immédiatement entourée par certains « artistes » du cirque, armés jusqu'aux dents. Ils tournent le dos à l'hélicoptère pour surveiller une éventuelle nouvelle attaque. En quelques fractions de bauds, « Nelson » est conduit au pied de l'appareil. Il est immédiatement happé par trois paires de mains qui l'agrippent. La « femme de ménage », en un bond, qu'elle a dû répéter des dizaines de fois à l'exercice, se retrouve à bord. Elle regarde dans ma direction et j'ai l'impression qu'elle me fait un clin d'œil tout en posant une main rassurante sur l'épaule de « Nelson ». Le Cougar est resté moins de vingt secondes au sol. Un véritable feu d'artifice accompagne son redécollage : des leurres thermiques, pour éloigner d'éventuels missiles. Je distingue la silhouette d'un tireur d'élite, à la porte de l'appareil qui est restée ouverte. Je suis assommée de bruit, de fureur, d'ordres de ma sœur pour préserver ma vie. Je réalise que je pleure. D'émotion, de savoir que l'homme qui incarne la démocratie est enfin en sécurité. De fatigue. De bonheur et de peur. A la faveur de l'obscurité qui nous dissimule aux regards, je me réfugie un instant dans les bras d'Oswald qui m'étreint comme il ne l'a jamais fait. Il me murmure : « Mahaut, je t'avais dit de ne pas venir. »

Le lendemain, dès l'aube, les hommes d'Oswald ont fait disparaître les cadavres des assaillants et ont retrouvé leur place de faux réfugiés ou d'artistes de cirque. Ils s'occupent de faire circuler la rumeur : la fusillade entendue par certains, au cœur de la nuit, était en fait un règlement de comptes entre ethnies ennemies et trafiquants en tout genre. Quant au bruit fugitif de l'hélicoptère, il est attribué à l'un de ces orages secs où le tonnerre gronde mais où la pluie ne tombe pas. Jamais personne ne saura qu'il s'agissait d'une opération des services spéciaux français. J'ai le cœur gros de quitter Oswald, mais il est déjà redevenu Auguste le clown qui va poursuivre sa tournée pour entrer en contact clandestinement avec les démocrates de la région grâce à ses petits papiers multicolores qu'il fait si bien voler.

Mahaut, grand reporter

Nous embarquons à bord de l'avion du ministère des Affaires étrangères, direction Paris où nous attendent nos visas pour la Chine. Max me dit que j'ai l'air fatigué. Je lui réponds que j'ai mal dormi à cause de la chaleur. Il semble se satisfaire de mon pieux mensonge. Il s'enthousiasme déjà pour notre prochain reportage sur les ouvrières chinoises. Et moi, au milieu des turbulences, fréquentes au-dessus du centre de l'Afrique, je regarde les porte-documents étiquetés « République française » et je me demande ce qu'ils peuvent bien renfermer. Peut-être le rapport ultrasecret d'un clown qui évoque l'avenir démocratique d'une région si souvent ravagée par la haine et la violence.

16

« Monsieur » aujourd'hui est de mauvaise humeur.

— Mahaut, mettons-nous bien d'accord, attaque-t-il, tu ne prends pas de risques, je n'ai pas envie de me casser le bol... oui, bref, la tête, pour te sortir de taule avec ton équipe dans le fin fond du pays de Confucius. J'imagine le Quai d'Orsay en train de me hurler dessus, une partie de la rédaction m'expliquer que tu n'avais pas assez d'expérience pour un sujet aussi sensible. Alors, tu me fais un beau reportage sur les pauvres travailleuses exploitées qui, sans le vouloir, ont piqué le boulot des ouvrières françaises. Tu fais un tout petit peu culpabiliser les patrons, et surtout tu fais pleurer les téléspectateurs avec cette histoire touchante, enfin bon, tu vois le tableau.

— Oui, monsieur, je vois très bien le tableau.

Je vois surtout qu'entre le régime chinois prompt à museler les journalistes et mon tempérament qui me conduit à prendre des risques, « Monsieur » n'a pas envie d'être obligé de jouer les avocats pour obtenir ma libération si, par hasard, je me retrouvais derrière les barreaux.

— Alors, tu fais ton sujet et après tu plies les gaules... oui, bref, tu rentres à Paris pendant que j'envoie une autre équipe dans les Vosges pour voir où en sont les licenciées de la Maison Lecerf. D'accord, Mahaut ?

— D'accord, Monsieur.

Nous n'avons pas le temps de nous dire au revoir ; le téléphone sonne déjà. Je sors sous un déluge de décibels. « Monsieur » passe, pour reprendre une de ses expressions préférées, la « soufflante » de sa vie à son interlocuteur. Je dois dire que je m'amuse beaucoup intérieurement car je crois avoir deviné que l'objet de l'ire du chef est l'imbécile prétentieux duquel j'avais lu sur les lèvres à mon arrivée ici. Il disait : « Tavulanouvelelleaunompaspossiblemaiselleaunbocu. »

Avant de partir pour l'Afrique, j'avais contacté mon ancienne nounou chinoise, Ming-Juan, dont le nom signifie Lumineuse Elégance en français. Je lui avais demandé de m'aider à préparer mon reportage. Elle m'a organisé un rendez-vous avec une de ses amies, originaire de la ville où la fabrique de gants vosgienne a été délocalisée. Elle s'appelle Yu-Zhen (Chemin de Vérité), elle travaille comme traductrice pour des associations qui essaient d'aider les « petites mains » qui s'épuisent quatorze heures par jour dans les ateliers de couture clandestins de Belleville et du treizième arrondissement. Elle ne décolère pas de cette exploitation des Chinois par des Chinois. Avec la bénédiction de certains Français qui y trouvent leur compte. Et grâce, parfois, à la police qui reçoit de discrètes consignes pour détourner les yeux.

Yu-Zhen finit quand même par me parler du sujet pour lequel je voulais la rencontrer. Elle me décrit l'enthousiasme de ses cousines, là-bas, embauchées dans l'entreprise des « longs nez » (c'est ainsi que les Chinois désignent les Blancs). Elles ne savent absolument pas l'histoire de cette usine de gants et elles ne connaissent rien du chagrin causé aux autres femmes, en France, qui ont perdu leur emploi. Elles gagnent cinquante euros par mois, ce qui représente un excellent salaire, au pays des « fils du Ciel ». Elle m'explique qu'avant, le seul travail possible se réduisait à tuer ou à plumer des volailles dans l'élevage industriel implanté depuis longtemps dans la région. Un gigantesque élevage comptant des centaines de milliers de poules qui naissent et vivent l'espace de quelques semaines seulement, dans un espace minuscule, sans jamais voir la lumière du jour. Les chefs, surtout ceux de l'abattoir, sont très durs avec les ouvrières.

Je quitte Yu-Zhen munie des coordonnées de toutes ses amies là-bas. Je transporte même un petit cadeau pour sa mère : un flacon de parfum bon marché en forme de tour Eiffel avec le nom de Paris inscrit en très, très gros, sur un drapeau bleu, blanc, rouge.

Celui qui flotte sur le toit de l'aéroport où nous arrivons, après des heures et des heures d'avion, est rouge, uniformément rouge, frappé de la faucille et du marteau. Nous sommes bien arrivés dans cette Chine communiste dont ma nounou m'a si souvent parlé et dont elle m'a transmis la langue et quelques talents culinaires. A défaut d'une accointance politique quelconque. Nous nous sommes mis d'accord avec mon équipe pour ne pas révéler que je parle mandarin, sinon les autorités locales, déjà peu portées sur la liberté de la presse, risquent de s'affoler et de nous surveiller en permanence. Je n'utiliserai mes connaissances linguistiques que pour écouter et comprendre ce que les gens disent et pensent. Ce que les responsables veulent nous cacher et ce que les employés n'osent peut-être pas dire devant des témoins, surtout étrangers.

Rendez-vous est pris dès le lendemain matin pour découvrir l'usine. Nous jouons les enfants modèles, les journalistes aux ordres, faisant semblant de nous contenter de cette visite on ne peut plus encadrée. Le « grand chef » nous fait l'éloge sans nuance du mariage idyllique entre communisme et capitalisme bien compris. Les ouvrières sont parfaites. Elles se félicitent dans un bel ensemble du métier qui leur est offert ici, et surtout du salaire qui leur est versé.

J'entends certaines d'entre elles s'interroger sur l'argent que l'on gagne en France pour le même emploi, mais le traducteur refuse de nous renvoyer la question. Il doit redouter que la différence vertigineuse des émoluments ne conduise ces femmes à modérer leur enthousiasme.

Nous les suivons dans les ateliers. Les machines qui avaient disparu dans la nuit de l'usine des Vosges commencent ici une nouvelle « carrière ». Le patron de la Maison Lecerf est toujours en fuite mais les outils de travail se trouvent sous nos yeux. Je pense à Jocelyne, Christine, Thérèse et les autres qui se sont « esquintées », pour reprendre leur expression, durant des années sur ces machines pour finir par être licenciées du jour au lendemain.

Les ouvrières chinoises ne sont pas encore « esquintées », elles sourient toutes, en maniant le fil et l'aiguille. Plusieurs fois, je les surprends à parler entre elles d'une épidémie de grippe dans la région. J'imagine que cela représente un sujet d'inquiétude pour ces femmes qui n'ont pas toujours un accès immédiat aux soins médicaux, dans cette région encore fortement rurale. Ici, le Moyen Age côtoie les « temps modernes » : les familles, souvent, abandonnent leur bébé quand c'est une fille. Pour lutter contre la démographie galopante, les autorités ont lancé une grande campagne, depuis des années, pour qu'il n'y ait qu'un enfant par foyer. Résultat : la tradition veut que l'on favorise les garçons, plus forts, qui pourront aider leurs parents quand ils seront vieux. L'abandon représente presque un progrès : avant, on assassinait les petites filles à la naissance. Et cela se produit encore parfois. Je pense à Marie-Rose, féministe dans l'âme, qui s'est suicidée, étouffée de chagrin après son licenciement par la Maison Lecerf.

Le soir, je réussis à m'éclipser de l'hôtel avec Max. Nous avons troqué notre grosse caméra professionnelle contre une toute petite, cachée dans le fond de ma poche, avec le flacon de parfum.

Oswald m'a appris les techniques pour déjouer les filatures et lorsque nous arrivons chez la mère de Yu-Zhen pour lui donner son cadeau, nous avons largué depuis un bon moment les policiers chargés de notre surveillance. Je suis ravie de pouvoir enfin m'entretenir avec une Chinoise, loin des oreilles des autorités.

Elle est toute frêle et se met à pleurer quand je lui apprends que nous venons de la part de sa fille qu'elle n'a pas vue depuis plusieurs années. Elle croit que Yu-Zhen mène, non pas la grande vie, mais au moins une vie aisée, en France. Je n'ose pas la décevoir et lui révéler l'existence des ateliers clandestins. Elle se prénomme Bao-Yu (Jade Précieux). Nous discutons une heure, à bâtons rompus. Elle est tellement heureuse de respirer l'air de la France où vit sa fille, sa fille unique. Elle est veuve depuis longtemps, d'un homme qu'elle avait rencontré durant la « Révolution culturelle », à la fin des années 1960, lorsque le président Mao avait décidé d'envoyer les étudiants à la campagne pour les faire « rééduquer » par les paysans. Des millions y ont laissé leur vie, d'épuisement dans les rizières ou abattus parce qu'ils n'étaient pas suffisamment dans la « ligne du Parti ». A la suite de procès honteux, indignes de la justice des hommes. Bao-Yu et son mari ont réussi à survivre tous les deux, par miracle. Mais lui est mort jeune, épuisé par trop d'épreuves et de douleurs, lors de sa « rééducation ». Elle ne s'est jamais remariée et a conservé, de cette époque et de son veuvage, une haine du communisme intacte.

Max et moi sommes sidérés par sa liberté de ton. Elle nous explique qu'elle n'a plus rien à craindre car elle va bientôt mourir. D'un cancer. Mais elle n'est pas triste car elle croit sa fille chérie heureuse, loin de la dictature de son pays. Et elle est sûre de retrouver bientôt son grand amour, son époux. Malgré tous les cours politiques, dogmatiques, idéologiques qu'elle a été contrainte de suivre, qui prônent l'athéisme le plus pur, elle est toujours restée croyante. « Vous voyez, quand je vous dis qu'ils n'ont pas réussi à nous "rééduquer". » Elle tousse autant qu'elle fume. Les cigarettiers déversent sur l'Asie et toutes les régions pauvres du globe leur poison, que la plupart des habitants des pays riches refusent désormais de consommer. Les Occidentaux savent les risques auxquels ils s'exposent, en cas de dépendance au tabac. Bao-Yu semble lire dans mes pensées :

— Oui, je vais mourir à cause de la cigarette, sauf si la grippe aviaire se réveille avant.

— La grippe aviaire, celle des oiseaux qui se transmet à l'homme ?

— Exactement, et elle existe depuis longtemps, mais les autorités l'ont dissimulée durant des années avant d'essayer d'en tirer profit.

Je me demande si la mère de Yu-Zhen n'est pas devenue un peu folle. Mais une nouvelle fois, elle semble lire en moi, comme dans un livre ouvert.

— Je n'invente rien, Mahaut. J'ai été, durant plus d'une décennie, la secrétaire personnelle du responsable politique de notre région. Jusqu'au jour où les autorités ont compris que je n'étais pas assez fiable et qu'elles ne pouvaient pas me faire confiance. Surtout à un poste aussi sensible. Mais il était trop tard. Je suis au courant de certains de leurs petits secrets. Mon chef n'a rien pu faire contre moi car il était terrorisé à l'idée que l'information remonte jusqu'à Pékin et que *lui* ne soit discrédité pour manque de discernement. Largement de quoi briser une carrière. Ou même une vie. Ils ont cru que la misère m'assagirait. J'ai tué et plumé des poulets dans l'élevage d'à côté, dix heures par jour, six jours par semaine, car aucun autre travail ne m'était offert. Mais j'ai mis cette période de purgatoire à profit pour essayer d'enquêter sur cette grippe aviaire qui chaque année, ou presque, tue des ouvrières de l'élevage. Je suis convaincue d'une chose, c'est que ce ne sont pas les oiseaux sauvages qui nous transmettent cette maladie qui, un jour, anéantira peut-être une partie de l'humanité, en tout cas, ils n'en sont pas les principaux vecteurs. Ce sont les volailles des élevages industriels qui ont développé cette grippe, ce virus H5N1. A cause des conditions de vie des bêtes. Quand vous mettez des millions de volatiles ensemble, sans précautions sanitaires suffisantes, voilà ce qu'il se passe. Tous les gros groupes agroalimentaires du monde, les chinois et les occidentaux, se sont unis pour faire croire que le mal venait des oiseaux migrateurs, mais tout cela n'est que mensonge. D'ailleurs, quand les premiers cas de H5N1 ont été décelés dans plusieurs pays d'Asie, chez des paysans pauvres qui ne possèdent que quelques volailles par famille, il a fallu du temps pour remonter la filière. Mais leurs poules malades venaient justement des très grands élevages comme celui qui se trouve à côté d'ici. C'est ainsi que l'information a commencé à circuler sur cette redoutable maladie. Jusque-là, les patrons des élevages, appuyés par de puissants relais politiques, avaient réussi à garder ce virus et ses dangers secrets. Au nom du profit. Alors que nous sommes censés servir le communisme. De peur que les consommateurs arrêtent d'acheter des volailles. Des milliards et des milliards par an.

Max, à qui j'ai fait une traduction quasiment simultanée, est stupéfait, au moins autant que moi. J'ose alors demander à Bao-Yu si nous pouvons enregistrer son témoignage, avec notre petite caméra. Elle me répond, entre ses abominables quintes de toux, que cela donnera un sens à son combat contre tous ces dignitaires qu'elle déteste depuis toujours. Un sens à sa vie.

— Yu-Zhen sera fière de moi. Elle a toujours très bien porté son prénom (Chemin de Vérité). Vous savez, quand elle était adolescente, elle n'avait qu'un rêve : quitter le pays, car elle souffrait trop du manque de liberté et surtout de vérité, justement. Je sais que je ne la reverrai jamais car ils ne me délivreront pas le visa nécessaire pour sortir d'ici, et je ne veux pas qu'elle vienne car ils pourraient vouloir la garder prisonnière. Yu-Zhen est un petit oiseau qui a besoin d'espace, elle mourrait de chagrin. Mon mari et moi, nous nous sommes battus quand elle est née pour la garder. Tout notre entourage nous poussait à l'abandonner. Mais elle était si mignonne, si douce, si sage. J'aurais préféré mourir que de m'en séparer. Chaque jour qui passe sans elle m'est douloureux mais je veux continuer à la protéger. Sa survie aujourd'hui impose qu'elle soit loin de moi. Il y a presque quarante ans, à sa naissance, personne n'a réussi à me forcer à l'abandonner. Aujourd'hui, personne ne m'obligera à lui faire courir le risque d'être retenue contre son gré dans ce pays, en lui demandant de venir voir, une dernière fois, sa mère mourante.

Je sens la présence de ma sœur, impressionnée elle aussi par la force de cette femme qui sert, sans le savoir, la Conscience du Monde. Bao-Yu nous fait un signe, nous ordonnant de mettre en marche la caméra. Elle nous livre son témoignage sur la grippe aviaire avec des précisions scrupuleuses : les premières dates, les premiers cas, les noms des premières ouvrières tuées par la maladie. L'identité des médecins qui, sous la menace des autorités, ont menti par omission, en ne disant pas qu'il s'agissait du virus H5N1. Elle cite aussi les régions d'Asie où des volailles de l'élevage ont été vendues et où des cas de maladie ont ensuite été détectés. Chez l'animal et l'homme. Victimes du H5N1, « virus hautement pathogène », comme le qualifient les spécialistes. Mortel dans soixante pour cent des cas. En résumé, Bao-Yu nous livre un dossier à charge, implacable. Je lui pose une dernière question :

— Pourquoi disiez-vous tout à l'heure que le pouvoir, maintenant, essaie d'en tirer profit ?

— J'y viens. Contre cette maladie, il n'existe qu'un médicament, pour l'instant, à peu près efficace. Et d'après vous, où se trouve la fleur nécessaire à sa fabrication ? En Chine, seul pays au monde où elle pousse. Sans le bon vouloir des Chinois, l'humanité ne pourra donc pas être sauvée, en cas de pandémie. Résultat : Pékin a tout intérêt à ce que la grippe aviaire continue d'exister et de faire peur. Il y a un chercheur, ici, que j'ai rencontré souvent à l'abattoir de l'élevage car il venait faire des prélèvements et des enquêtes. Il est comme moi, scandalisé que l'on n'améliore pas les conditions sanitaires uniquement pour des questions d'argent.

Il n'accepte pas non plus l'idée que des femmes, les ouvrières, soient fauchées par cette maladie. Dans le secret, pour ne pas nuire à l'image du pays. Mais je ne vois pas comment vous pouvez le rencontrer sans le mettre en danger.

Je livre alors mon petit secret à Bao-Yu :

« Je sais lire sur les lèvres. Il suffit donc que je le voie de loin, il faut simplement que je distingue sa bouche. Il se comporte alors comme s'il parlait à quelqu'un d'autre et à distance, je peux comprendre ce qu'il me dit. Evidemment, je ne pourrai pas lui poser de questions, mais, au moins, il pourra me donner sa vision des faits, sa vérité.

Bao-Yu réfléchit à toute vitesse.

— Très bien, demain, c'est le carnaval dans la ville à l'occasion du nouvel an.

— Je sais, nous devons y tourner quelques images pour donner un aspect sympathique à cette région.

— Parfait, vos accompagnateurs du ministère vont forcément vous emmener filmer sur la place où se trouve encore la statue de Mao. Le professeur se tiendra au pied de cette statue, à 14 heures précises. Il sera avec un ami, à qui il fera semblant de parler mais en fait, il s'adressera à vous. Il vous dira tout ce qu'il sait ou, en tout cas, le plus possible. Il portera un masque de dragon qui ne lui cachera que le haut du visage, pour que vous puissiez voir sa bouche.

Au moment de partir, je vois le petit flacon de

parfum qui trône sur la table. Une fois de plus, je n'ai pas besoin de parler.

Devant la porte, Bao-Yu me murmure : « *Qing ni gei ta jiang wo jiankang ye ai ta* », ce qui signifie : « Dites-lui que je vais bien, et surtout, dites-lui que je l'aime. » Et puis une idée lui vient.

— Oh, attendez une seconde.

Elle se dirige vers un petit meuble. Elle en sort une peluche toute mitée. Un minuscule nounours auquel il manque une oreille. La gauche.

— Donnez-lui son doudou. A l'époque où tout le monde voulait que je l'abandonne, je lui ai acheté ce nounours, qui représentait une fortune pour moi. Je voulais ainsi prouver aux autres que je lui offrais des cadeaux parce que je l'aimais et que je voulais la garder. Elle ne s'en est jamais séparée durant des années, et ensuite je l'ai précieusement conservé. Il représente toujours la preuve de mon amour pour elle. Indéfectible.

Une quinte de toux la fait chanceler. Dans son regard troublé, je vois le reflet du dessin que sa mère portait sur le front. Bao-Yu va mourir dans trois semaines. Les Aborigènes restent avec elle pour l'entourer, l'empêcher de souffrir et, le moment venu, aider son âme à s'élever vers le ciel.

Je n'ai pas pu dormir de la nuit. Anéantie par le chagrin de savoir que cette femme va disparaître. Il y a quelques heures encore, je ne la connaissais pas, mais elle restera pour toujours dans mes souvenirs.

Mahaut, grand reporter

Incarnation du courage et de l'amour. Ma sœur me secoue et m'empêche de me laisser aller.

« Si tu veux être à la hauteur de Bao-Yu et réussir à rapporter en France le témoignage qui "va donner un sens à sa vie", comme elle te l'a dit, tu as intérêt à préparer ta journée de demain. D'abord, il va falloir que tu mentes aux policiers que tu as semés et qui vont te demander où tu étais passée. Ils n'insisteront sûrement pas trop pour ne pas être obligés de rédiger un rapport à leurs chefs où ils devront avouer qu'ils t'ont perdue de vue plusieurs heures. Très mauvais pour leur carrière. Mais il faut que tu leur donnes une explication qui aura l'apparence du vraisemblable. Tu vas leur dire que tu t'es rendue dans la ville touristique d'à côté. Je suis allée y faire un tour. Il y a un quartier en particulier qui est envahi par les hordes de touristes. Prétends que tu étais là-bas avec Max et, surtout, continue ensuite à jouer la journaliste un peu idiote car ils vont te surveiller de très, très près demain, pour s'assurer que tu ne leur caches rien. Et puis, Mahaut, ne sois pas triste pour Bao-Yu. Toi seule peux l'aider à réussir la fin de sa vie. »

L'aube arrive enfin et j'essaie de prendre la douche la plus froide possible pour être d'attaque. Dans le restaurant de l'hôtel où nous descendons prendre notre petit déjeuner, j'avise tout de suite nos policiers attitrés. Ils ont les yeux abattus, ils n'ont pas dû dormir beaucoup, s'interrogeant sur notre sort. Je monte au front tout de suite et je vais donc les saluer, en anglais, la langue que nous utilisons entre nous. Très vite, d'une manière faussement détachée, ils me demandent ce que nous avons fait la veille au soir. Ma sœur me souffle à l'oreille ma réponse, extrêmement précise. En répétant, mot pour mot, ce qu'elle me dit, je donne même un ou deux détails concernant un accrochage entre plusieurs véhicules à un carrefour et la nationalité d'un groupe de touristes qui a fait beaucoup de bruit sur la place principale. Des précisions qui donnent à mon récit l'apparence de la crédibilité puisque seule une personne présente sur place peut avoir remarqué ce genre de petits événements. Mentalement, je remercie ma sœur et son don d'ubiquité. Je débite tout mon discours, en prenant l'air le plus candide possible. Apparemment, je possède quelque talent d'actrice. Je suis à peine installée à ma table avec mon thé que je lis sur les lèvres de nos deux cerbères, dont je vois le reflet dans le grand miroir de la salle :

— Tu crois qu'elle nous prend pour des cons ?

— Absolument pas, je suis sûr qu'elle était là-bas pour passer un moment de détente. On peut vérifier l'histoire des voitures si tu veux mais ce n'est même pas la peine. On laisse tomber, on ne dit rien à personne. Nous, on ne prend pas de blâme pour l'avoir perdue quelques heures hier, et elle, elle garde un bon souvenir de sa soirée où elle a dû forcer sur la bière chinoise. T'as vu comme elle a les yeux cernés ce matin ?

Mahaut, grand reporter

Je les embrasserais presque de bien vouloir croire à mon mensonge. Ma sœur applaudit. Je me regarde dans la glace. Je ne trouve pas que j'ai les yeux tellement cernés.

17

Cette fois-ci, nous partons tous ensemble : mon équipe, nos accompagnateurs et moi-même, terminer le tournage sur les ouvrières de l'usine de gants. Nous pouvons rencontrer certaines d'entre elles. Elles vivent à quatre par chambre mais elles se disent heureuses de leur sort. Elles se félicitent d'avoir trouvé cet emploi de couturière, qu'elles jugent agréable. La plus jeune me raconte qu'avant de se marier, elle habitait dans une autre cité et que là-bas, elle travaillait dans la grande usine locale de retraitement du plastique. Le plastique qui vient de chez les « longs nez », précise-t-elle.

— Vous faites du tri sélectif de vos poubelles, en Europe, pour des raisons écologiques. Mais la pollution, c'est nous qui la supportons, car quand on traite le plastique, il y a énormément d'émanations toxiques. Là-bas, tous les enfants sont malades et les gens meurent très jeunes mais au moins, on a du travail ! Vous voyez, vous, les riches, vous nous envoyez vos poubelles et nous, comme on est pauvres, on l'accepte. Et on est même contents. Jusqu'au jour où l'on tombe malade. Jusqu'au jour où l'on meurt, dans d'atroces douleurs.

Un de nos accompagnateurs me traduit tout cela en anglais. Il est manifestement content de dire du mal des Occidentaux. Il tient là sa vengeance après la nuit blanche que nous lui avons fait passer. En revanche, quand je veux demander à ces femmes ce qu'elles pensent de ce qui s'est passé dans les Vosges et du chômage qui a frappé Marie-Rose, Jocelyne, Christine et les autres, il refuse de traduire, prétextant que nous devons partir si nous ne voulons pas être en retard pour filmer le début des festivités qui célèbrent le nouvel an chinois.

Il est 13 h 45 quand nous arrivons sur la place où nous avons rendez-vous avec le chercheur ami de Bao-Yu. Les rues sont noires de monde. Je me demande comment nous allons pouvoir reconnaître « notre homme » au milieu de cette foule déguisée et chamarrée. Il y a des enfants qui rient, des musiciens, des artistes en tout genre, des gens qui dansent et... des dragons partout. « Ne panique pas, me rassure ma sœur, il va arriver et tu le reconnaîtras. Et surtout, continue à prendre ton air bête, ça te va très bien ! » Elle essaie de me décontracter mais je sais que l'exercice est périlleux. Surtout pour le savant, s'il est démasqué. Ici, la peine de mort s'applique pour bien moins que cela. La Chine exécute plus de prisonniers à elle seule que le reste du monde réuni.

Nous avons mis sur pied tout un système, avec Max, pour que je puisse traduire presque simultanément ce que dira le chercheur. Je vais parler à côté du micro de la caméra, qui va ainsi enregistrer ma voix. Je mélangerai toutes les langues que je connais, sauf le chinois, bien sûr. Ainsi, si les responsables de la censure demandent à visionner nos cassettes, en entendant le brouhaha de la fête, aucun d'entre eux ne pourra imaginer que c'est une seule et même personne qui parle ainsi français, arabe, anglais, russe, pachtou et persan. Ils imagineront qu'il s'agit de bribes de phrases saisies par le micro de la caméra au hasard du passage de touristes étrangers venus assister au carnaval. En tout cas, nous n'avons pas pu trouver mieux en un temps si court. Et surtout, surtout, à aucun moment Max ne filmera notre informateur pour que personne, jamais, ne puisse remonter jusqu'à lui.

J'ai l'impression de voir des dizaines, des centaines de dragons à force de chercher l'ami de Bao-Yu. Les masques sont de toutes les couleurs, de toutes les formes, modernes ou anciens, rassurants ou effrayants. Ils dissimulent tout le visage ou seulement une partie. Je croise les doigts. J'en appelle à toutes les Consciences du Monde.

14 h 05. Mon oreille souffre de la musique extrêmement forte et de tous ces pétards qui éclatent en rafales. Je me demande combien de temps nous pouvons continuer à filmer sur cette place sans que nos guides se posent des questions sur notre intérêt

soudain pour la statue de Mao. Je lis sur toutes les bouches, au point d'avoir le vertige. Aucune ne parle de la grippe aviaire. Nos accompagnateurs commencent à regarder leurs montres. Je vois arriver un homme avec un masque de dragon qui s'arrête juste au-dessus de sa bouche, il tient en laisse un petit chien blanc mais il est seul. Or Bao-Yu nous a bien précisé qu'il viendrait avec un ami. L'homme se dirige, comme des dizaines de badauds, vers la statue de Mao, mais il est déjà sorti de mon esprit. Je crains que la situation soit sans espoir. Nos « anges gardiens » montrent de plus en plus de signes d'impatience. Dans mon champ visuel, je note, entre autres, que le petit chien blanc se trouve maintenant dans les bras de son maître qui lui parle, qu'une fillette se fait sermonner par son père parce qu'elle a jeté sa sucette par terre, qu'une dame se remet du rouge à lèvres qui n'est pas du tout assorti à la couleur de sa robe et qu'un jeune homme court avec un bouquet de fleurs à la main.

Les policiers nous font signe que nous devons partir au moment où le petit chien se met à aboyer. Je le regarde. Il se trouve au niveau de la bouche de son maître qui prononce « H5N1 ». Je glisse à Max « tourne ». Le chercheur fait semblant de parler à son chien.

« Si vous m'avez reconnu, rattachez les lacets de votre chaussure. » Je m'exécute, tout en continuant à lire sur ses lèvres.

« Je suis venu seul, car je ne voulais pas faire courir de risques à un ami. Je vais vous donner maintenant les références des souches des virus venus de nos élevages industriels qui ont contaminé toute une partie de l'Asie. Je vais vous révéler les dates et aussi les noms des personnes impliquées qui devront, je l'espère, répondre un jour de leurs actes. Notamment les noms de responsables de grands groupes agroalimentaires à travers le monde qui ont dissimulé la vérité et la dissimulent encore. Avec toutes ces informations, vous pourrez reconstituer l'itinéraire exact de l'épizootie. Il faut interdire l'élevage industriel dans les conditions que nous connaissons actuellement, sinon l'humanité court à sa perte. Il faut contraindre les responsables à renoncer à une partie de leurs profits colossaux pour procéder aux aménagements sanitaires nécessaires. Sinon, demain, d'autres virus au moins aussi graves que le H5N1 risquent de voir le jour et d'anéantir des millions de vies. »

Pendant que nous ramassons nos affaires, le plus lentement possible pour gagner du temps, je traduis dans toutes « mes » langues cette démonstration scientifique de la genèse et de l'évolution de la grippe aviaire. A cause de l'appétit pécuniaire des hommes. Les demandes de nos accompagnateurs de quitter les lieux se font de plus en plus pressantes. Ils cachent mal leur impatience et finissent par s'adresser à nous sur le ton d'un général donnant un ordre à un simple soldat. Nous nous éloignons

Mahaut, grand reporter

à reculons et j'utilise mes yeux au-delà de leur capacité pour décrypter l'ultime message du savant. Ses lèvres deviennent de plus en plus petites et floues. Je comprends qu'il explique qu'il va me donner aussi les noms des ouvrières mortes de la grippe aviaire pour qu'un jour, leur mémoire soit honorée, mais à ce moment précis, une farandole de dragons passe devant moi, faisant disparaître le scientifique et sa bouche.

18

Nous rentrons à Paris sans encombre. Nos policiers « personnels » sont trop contents de se débarrasser de nous pour perdre du temps à contrôler toutes nos cassettes. Ils nous conduisent eux-mêmes à l'aéroport pour avoir la joie de voir notre avion décoller et la satisfaction de retourner à une vie sans journalistes étrangers qui s'égaillent sans prévenir dans la nature, le soir.

Au milieu des nuages, en vol, nous faisons le point comme d'habitude, avec Max. L'altitude a le don de nous rendre plus prolixes. Nous repensons à toutes ces petites filles chinoises abandonnées et nous nous promettons d'aller bientôt faire un reportage en Inde et au Pakistan, dans certaines régions où l'on tue encore les bébés à la naissance lorsqu'ils sont de sexe féminin. Et où le plus souvent on contraint la mère à commettre le crime elle-même. En plus de dix heures de vol, nous avons trouvé des dizaines d'idées et d'envies de reportages...

Je demande à voir « Monsieur » dès mon retour.
— C'est une bombe atomique, ton truc. Tu te rends compte, si on peut prouver que ce sont des puissances économiques et politiques qui prennent le risque de flinguer la moitié de la planète avec cette histoire de grippe aviaire, non seulement on va faire péter... Oui, bon, on va exploser l'audimat, mais des têtes vont tomber, comme on dit, il y a des responsables qui vont devoir s'expliquer. Mise en danger de la vie d'autrui et tout le toutim, ça peut aller chercher très loin. Maintenant, Mahaut, il faut faire une contre-enquête. On va contacter toutes les sommités françaises sur le H5N1 et essayer de recouper tout ça. On leur demande le secret le plus absolu car tu peux être sûre que nous allons être soumis à des pressions dantesques pour nous empêcher de faire sortir cette info. Si elle se confirme. D'accord, Mahaut ?
— D'accord, monsieur.
— Tu me tiens au courant, à la seconde près. Jour et nuit. Vingt-quatre heures sur vingt-quatre, mais tu laisses passer quelques jours, pour éviter que l'on puisse établir immédiatement un lien entre ton séjour en Chine et ces révélations. Il ne faut pas carboniser tes sources.
— D'accord, monsieur.
Il sait évidemment que mes « sources », c'est-à-dire les personnes qui m'ont révélé ces informations, Bao-Yu et le chercheur, risquent leur vie dans cette affaire.

Mahaut, grand reporter

— Au fait, tu as le bonjour de toutes les ouvrières de la Maison Lecerf. Ou plutôt, les licenciées de la Maison Lecerf. Elles ont bien du mal à se recaser, enfin, tu vois le tableau.

— Oui, je vois très bien le tableau, monsieur.

Et au moment où je m'apprête à sortir de son bureau :

— Mahaut, bravo. Tu m'as désobéi car je t'avais dit de ne faire qu'un seul reportage sur l'usine de gants. Mais ce que tu as obtenu sur le H5N1, c'est un scoop mondial.

— Merci, monsieur.

Je me trouve dans le couloir pour retourner à mon bureau quand j'entends Max hurler mon nom.

— Mahaut, je te cherche partout !

Il n'arrête pas d'agiter son téléphone portable dans ma direction.

— Petite, c'est quelqu'un qui dit *undhou*, je ne comprends rien, mais je crois que c'est Mohsen !

Depuis des semaines, depuis son retour d'Irak, Max se rongeait à l'idée d'avoir laissé Mohsen derrière lui. Il culpabilisait d'être rentré en France et d'avoir dû abandonner son *stringer*[1] au pays de tous les dangers. Il avait entrepris tout ce qui était humainement possible pour essayer de le localiser. Par l'ambassade de France, par des confrères qui

---

1. Ressortissant d'un pays qui travaille de manière temporaire pour un média étranger.

s'était rendus à son magasin, sur place, mais tous avaient trouvé portes closes et les voisins n'avaient plus aucune nouvelle. J'avais moi-même tenté de téléphoner à son domicile des dizaines de fois mais personne ne décrochait jamais quand la chance se présentait d'obtenir la ligne. J'arrache le téléphone de la main de Max. Je vois à l'intensité de son regard qu'il me supplie de lui communiquer une bonne nouvelle. « *Ourdoun, ourdoun, ourdoun.* » Le mot s'échappe à l'infini du combiné. Comme une mélopée de bonheur. *Ourdoun*, cela veut dire Jordanie, en arabe. Mohsen est en Jordanie. Il a réussi à quitter Bagdad avec toute sa famille.

Je vois Max qui s'assoit par terre au milieu du couloir où nous nous trouvons et qui se met tout doucement à pleurer. Sans faire de bruit. Recroquevillé comme un enfant. Je glisse le long du mur pour garder mes yeux au niveau des siens et continuer à lui traduire les bonnes nouvelles que me communique Mohsen, qui, euphorique, n'arrête plus de parler.

— Max, il est sain et sauf, sa famille aussi. Sa femme et ses deux petits garçons. Max, c'est la fin du cauchemar. On va partir chercher Mohsen à Amman.

Une heure plus tard, je suis de retour dans le bureau de « Monsieur » avec Max. Mon ami demande au chef d'intervenir auprès des autorités françaises pour obtenir, le plus vite possible, un visa pour Mohsen et sa famille. Et il précise que, vu les états de service de notre *stringer* de Bagdad et son dévouement, la moindre des choses serait d'aller le chercher sur place.

— Dans cette perspective, conclut-il, il faudrait que Mahaut vienne avec moi, étant donné qu'elle parle couramment arabe, et Mohsen uniquement arabe.

— Accordé, accordé, accordé, répond « Monsieur ».

Il répugne à montrer ses sentiments mais je sais qu'il est devenu célèbre en son temps dans le milieu de la presse car durant la guerre au Liban, dans les années 1980, il avait risqué sa vie pour sauver celle de son *stringer*. A l'époque, « Monsieur » était le grand reporter le plus doué de sa génération. Avant de devenir le patron le plus respecté des médias français.

Nous sommes vendredi soir. Nous pourrons sûrement partir à Amman lundi ou mardi. Je n'ai qu'une envie : passer le week-end à la campagne, dans ma campagne, pour retrouver Célestine, faire des promenades avec Laïka 3 (petite-fille de la Laïka de mon enfance) et me rapprocher de ma sœur. Je sais que « notre » mère ne sera pas là, elle est partie en voyage avec une de ses innombrables organisations humanitaires. Sûrement afin d'essayer de récupérer des fonds pour soulager la douleur dans un coin perdu et désespéré de la planète. Ou construire une maternité pour assurer un départ en douceur dans la vie à des nouveau-nés dont l'existence s'annonce difficile. A cause de la guerre, de la famine ou de la pauvreté. Ou des trois réunies.

19

Le temps est doux, les arbres commencent à être en fleurs. La période de mon – de *notre* – anniversaire approche. Célestine m'étouffe à moitié en me serrant dans ses bras. Elle a les larmes aux yeux. D'ailleurs, elle pleure toujours, à la moindre émotion. En regardant un film à l'eau de rose dont elle raffole ou dans la vie, dès qu'elle éprouve du chagrin ou de la joie.

— Mahaut, tu me rends folle avec tous tes voyages. Je savais bien qu'en apprenant toutes ces langues que tu connais maintenant, tu ne tiendrais pas en place. Je l'avais dit à ta mère. C'est dangereux. Toutes tes nounous qui t'ont raconté tous les drames de leurs vies. Evidemment, ça ne t'a pas donné l'idée de passer une petite existence tranquille. Mahaut, en plus, je suis convaincue que tu te nourris mal. Un jour, tu vas tomber malade. Et ton oreille, comment va-t-elle ? Je suis sûre que tous leurs trucs électroniques à la télévision, c'est très mauvais pour ton tympan.

— Arrête, Célestine, je vais très bien et je suis très heureuse. Et toi, cesse de passer ta vie devant le petit écran pour savoir où je suis. D'abord, tu ne perdras pas ton temps et ensuite, tu ne te feras plus de souci pour moi. Et en ce qui concerne mon alimentation, je dégusterais bien quelques tartines avec tes confitures.

Célestine est aux anges car je rends ainsi un hommage appuyé à ses talents culinaires, et surtout à notre vieille complicité. En effet, du plus loin que remontent mes souvenirs, dans ma toute petite enfance, je me suis toujours régalée de ses confitures. C'était notre secret. J'avais même dissimulé la clef du placard où elles étaient rangées pour qu'on ne puisse plus fermer la porte, de manière à avoir un accès permanent à ces trésors sucrés. Célestine m'a avoué des années plus tard qu'elle m'avait vue placer la clef dans le sac à dos de mon nounours préféré mais qu'elle avait fait semblant de ne pas remarquer mon manège. Pas plus qu'elle ne s'offusquait quand je lui « volais » un ou deux pots que je cachais dans ma chambre pour m'en délecter, en lisant ou en jouant. Mes préférées étaient, et sont toujours, la cerise et la rhubarbe. Célestine, aujourd'hui, j'en suis sûre, m'a aussi préparé mon autre péché mignon : un sorbet aux pétales de rose.

Laïka 3 aboie comme une folle. Elle est dans le jardin mais elle a senti ma présence et exige que je vienne la caresser, la promener, lui parler. Comme à l'époque, pas si lointaine, où je vivais encore ici. Elle fait des bonds dignes d'un kangourou de ma connaissance. Elle me renverse presque. Elle est aussi grande, noire et belle que sa mère et sa grand-mère. Nous les avons toutes appelées Laïka, avec un numéro pour les différencier, comme on le fait également pour les chevaux. Ainsi que le veut la tradition dans le monde des cavaliers et de l'équitation.

En jouant avec ma chienne, j'observe Célestine de l'autre côté de la porte vitrée. Elle maugrée, elle bougonne, elle ronchonne et, comme d'habitude, parle toute seule : « De toute façon, ce n'est pas un métier pour les filles. Et puis, toutes ces langues, ça doit mettre le cerveau à l'envers. Et elle ne va pas manger que des confitures. Je vais lui mitonner un bon petit plat, avec de la viande et des légumes. Des bonnes vitamines, parce que je la trouve un peu pâlotte, ma Mahaut... »

Je détourne les yeux pour ne plus lire sur sa bouche cette rengaine que je connais par cœur et qui conjugue amour et récriminations. Sur ses lèvres, j'ai remarqué quelques rides nouvelles. Célestine attaque gaillardement la soixantaine.

Je suis seule. Enfin. Dans la forêt avec Laïka 3. J'entends les Aborigènes qui chantent à voix basse, quelque part loin d'ici, en Chine. Au chevet de Bao-Yu. Et comme d'habitude quand je me rapproche du cimetière où repose le corps d'un tout petit bébé, je commence à sentir monter en moi une incommensurable colère. J'enlève ma prothèse et je colle ma main sur mon oreille valide pour empêcher ma sœur de me parler. Je ne supporte plus ses explications. J'en veux à toutes les Consciences du Monde. Je n'accepte pas la mort de ma jumelle, ma vraie jumelle. Mon ombre portée au ciel.

Je pousse la grille. Elle grince, comme toujours. Comme toujours, Laïka 3 se couche dans le passage pour que personne ne puisse venir alors que je suis à la recherche de ma douleur et d'une partie de moi-même. La tombe me paraît encore plus minuscule que d'habitude. Mais en me couchant sur le marbre blanc, je vois bien que cette impression n'est qu'une illusion. Les questions se bousculent dans mon esprit submergé de tristesse. Comment pourrai-je me réconcilier un jour avec les bébés ? Comment pourrai-je en tenir un dans mes bras, sans lui en vouloir du chagrin qu'un nourrisson m'a infligé ? Comment pourrai-je ne pas redouter qu'il meure à mon contact ? Laïka 3 gémit, ma sœur essaie de caresser mon oreille. Je les ignore. Je sens seulement les larmes, si chaudes, qui coulent le long de ma joue et écrivent en tombant les points de suspension d'une vie inachevée sur la pierre blanche et froide d'une sépulture de nouveau-né...

Exceptionnellement, Célestine ne me parle pas. Elle sait instinctivement quand je vais au cimetière, alors que je ne préviens jamais personne lorsque je m'y rends. Elle a compris depuis longtemps qu'il me faut du temps pour revenir dans le monde réel. En tout cas, la réalité des autres. Je la vois murmurer pour elle-même : « Ah, si seulement Oswald était là. Il est le seul à pouvoir la consoler. » Je me dirige vers la galerie de portraits. Melchior m'attend. Comme d'habitude. Avec son bon regard. Digne et tendre. Je l'admire d'avoir créé et défendu son orphelinat. Jusqu'à la mort. J'aime le fait que nous ayons, lui et moi, la même forme de visage. Un clin d'œil génétique qui a traversé les siècles. D'ailleurs, si j'avais été un garçon, « notre » mère m'a toujours dit qu'elle aurait souhaité me prénommer Melchior. Comme le fondateur de notre famille.

Le soleil qui envahit la maison me pousse à sortir de ma mélancolie. Je remets ma prothèse auditive pour être de nouveau reliée au monde, je me secoue et je décide d'aller me rassasier des bons petits plats de ma Célestine. Un énorme sourire barre son visage quand elle comprend, en me voyant, que je suis en forme. De retour. Je me régale de sa nourriture et de sa présence. Nous devisons deux heures, à évoquer les souvenirs les plus drôles de mon enfance. Elle fait tout ce qui est en son pouvoir pour me faire rire. Elle m'imite le jour où j'ai prononcé mes premiers mots. Mon premier mot : « *Niet.* » « Non », en russe. Et elle cite le plus souvent possible le nom d'Oswald, avec lequel elle espère bien me marier dans les plus brefs délais.

Après ce repas pantagruélique de nourriture et d'émotion, je me branche sur Internet pour découvrir tous les spécialistes mondiaux du H5N1, et plus particulièrement les français. Je me gave de leurs publications. Je commence à découvrir des détails qui risquent bien d'étayer la thèse de Bao-Yu et de son ami chercheur. Je suis fascinée par cette incroyable enquête où les « assassins » pourraient être responsables de la mort de millions de personnes. La grippe aviaire comme Arme de destruction massive. ADM. La possession supposée d'ADM a conduit à la guerre en Irak et à l'exécution de ses dirigeants. A quoi pourrait mener la démonstration de la culpabilité de groupes agroalimentaires bénéficiant de la complicité de certains politiques ?

Pour me changer les idées, je consulte mes courriels. Je trouve des messages d'Oswald, dans toutes nos langues, jamais signés de son nom et avec, chaque fois, une adresse différente. Mais je sais qu'il s'agit de lui. Nous avons nos codes de reconnaissance et, par ailleurs, mon intuition ne m'a jamais trompée. Evidemment, il ne me dit rien de ce qu'il fait, il ne parle que d'amour, mais j'ai entendu hier sur RFI (Radio France Internationale) que « Nelson » allait tenir sa première conférence de presse. Le journaliste spécialiste de l'Afrique qui s'en faisait l'écho affirmait que l'avenir de la région avait enfin une chance de rimer avec démocratie. Une autre information est passée beaucoup plus inaperçue. Elle concerne la mort, dans un accident de voiture, d'un des leaders les plus extrémistes d'Afrique dont le nom figure sur la liste des responsables présumés du nettoyage ethnique. Sachant que l'accident de voiture s'est produit non loin d'un endroit où Cirque sans frontières a donné une représentation, lors de sa tournée, je ne suis pas sûre que « l'accident » soit purement le fruit du hasard.

20

— Petite ?

Max s'exprime sur un ton euphorique.

— Les visas de Mohsen et de sa famille les attendent à l'ambassade de France à Amman. On part demain les chercher. L'avion décolle vers midi. On se retrouve à l'aéroport. D'accord, petite ? Tu les appelles pour les prévenir et après-demain, on emmène les enfants manger une glace au pied de la tour Eiffel.

Je n'ai pas le temps de répondre. « Tour Eiffel », c'est le seul « mot » que Mohsen connaisse en français. Max m'avait raconté en rentrant d'Irak qu'ils avaient beaucoup ri à ce sujet lors du reportage à Bagdad. La promesse sous forme de pari de Max était d'amener un jour Khaled et Tarek, les deux fils de Mohsen, déguster une glace au pied de notre vieille dame de fer.

Dans l'avion, discrètement, pour que personne ne puisse entendre, je fais le point avec Max sur mon enquête au sujet des spécialistes du H5N1 que je vais contacter dès notre retour d'« Ourdoun[1] ». Je lui expose les éléments qui me permettent de croire que Bao-Yu et le chercheur nous ont révélé la vérité. Mon ami écoute attentivement ce que je lui dis mais je sens que son esprit est ailleurs, entre l'horreur de Bagdad et le bonheur d'Amman. En arrivant, nous nous rendons d'ailleurs directement au petit hôtel où logent Mohsen et sa famille. Max fuit mon regard pour cacher son émotion.

La porte s'ouvre.

— *Salam aleikoum.*
— *Aleikoum salam*[2].

Nous avons à peine le temps d'échanger ces formules de politesse et de salutation que Mohsen et Max tombent dans les bras l'un de l'autre. Les enfants, dans « leurs habits du dimanche », sont tout intimidés. Ils ont à peine trois et cinq ans et viennent de vivre des heures très éprouvantes pour des tout-petits. Pour les rassurer, je commence par me mettre à genoux, à leur niveau. Je leur offre les cadeaux que nous avons achetés à leur intention à l'aéroport et je leur raconte, en arabe, une histoire drôle. Celle que me racontait toujours Wafa, ma nounou palestinienne, quand j'avais un gros chagrin. Et comme moi à leur âge, les deux garçons se

---
1. En Jordanie.
2. La paix soit avec vous.

mettent à rire, timidement puis de bon cœur. Leur mère me regarde, attendrie. Elle s'appelle Ashraf et a des yeux bleus magnifiques. Mohsen et Max n'ont pas besoin de mes talents de traductrice. Ils se comprennent sans mots. Nous décidons de foncer à l'ambassade de France pour retirer les visas avant de nous rendre au restaurant pour, enfin, parler tranquillement de l'avenir, lors du dîner.

Les petits se sont endormis depuis longtemps lorsque Mohsen nous raconte les menaces auxquelles il a été soumis après le reportage qui a connu un retentissement mondial. Jusqu'à influer sur la politique de l'ONU. Il était devenu l'« empêcheur de massacrer en rond » et, à ce titre, sa famille et lui devaient être exterminés. Il a donc fermé sa boutique et a quasiment fait disparaître sa femme et ses enfants de la surface de la terre de Mésopotamie. Grâce à des amis sûrs, il a pu organiser son départ dans la clandestinité et récupérer toutes ses économies, suffisamment confortables pour pouvoir commencer ailleurs une nouvelle vie. Très modeste, mais une nouvelle vie quand même. Durant tout ce récit, Mohsen reste très digne. Il ne se plaint pas et « ne regrette rien », dit-il.

« Max, ce que nous avons fait, il fallait le faire. Ne serait-ce que pour les petits », dit-il en montrant Khaled et Tarek, allongés sur la banquette du restaurant. « Et d'ailleurs, Max, je n'ai jamais eu le temps ni l'occasion de te le dire mais je voulais te

remercier d'avoir pris autant de risques. D'avoir eu le courage de venir jusqu'à Bagdad et de ne pas avoir pris la fuite quand nous nous sommes retrouvés dans les combats. S'il y avait plus de journalistes comme toi, le monde irait sûrement beaucoup mieux et mon pays ne serait pas détruit comme il l'est. *Choukran*, Max (merci). »
Les Aborigènes chantent, pour la première fois depuis longtemps, dans mon oreille.

Le lendemain, il fait un soleil radieux quand le taxi nous dépose dans le centre de Paris. Les glaces sont délicieuses et la photo très belle. Celle où Max et Mohsen portent les enfants sur leurs épaules. Ils ont enfin réussi leur pari improbable, celui qui les faisait rire lorsqu'ils avaient peur à Bagdad : amener deux petits garçons au pied de la tour Eiffel.

Dans les semaines qui suivent, Tarek et Khaled se sont adaptés d'une manière assez surprenante à leur école française et ils ne sursautent presque plus quand ils entendent une porte qui claque. Un bruit qui leur rappelle celui d'une détonation ou d'une explosion. Un bruit qui a rythmé toute leur vie en Irak. Ma sœur les a suivis en permanence durant cette période d'adaptation. Ashraf, leur mère, étudie d'arrache-pied la langue de Molière et Mohsen, l'indestructible Mohsen, travaille déjà sous la houlette d'un commerçant tunisien avec lequel il pense éventuellement s'associer pour acheter une boutique.

Mahaut, grand reporter

Le soir où notre sujet sur la grippe aviaire a été diffusé, prouvant l'énorme part de responsabilité des élevages industriels dans toute l'affaire du H5N1, nous avons dîné avec nos amis irakiens. Mohsen a une nouvelle fois félicité Max, en lui répétant que, décidément, rarement la presse pouvait infléchir le cours de l'Histoire. Durant le repas, en effet, nous avons appris que le gouvernement français avait annoncé l'ouverture d'une enquête à ce sujet et qu'il demandait aux institutions internationales leur collaboration la plus étroite et la plus efficace possible.

Mohsen a le mot de la fin : « Vous voyez, il ne faut jamais accepter les choses telles qu'elles sont. C'est la première leçon qu'il faudrait enseigner aux enfants. »

21

Cette phrase en fait résonner une autre dans mon esprit. Une des premières leçons que j'ai apprises dans la vie. Pour toute la vie.
 « *La te'bal abadan fikret al-maout.* »
 Je l'ai tellement entendue à l'âge de Khaled et Tarek.
 « *La te'bal abadan fikret al-maout* », c'est-à-dire : « N'accepte jamais l'idée de la mort. » Wafa, ma nounou palestinienne, me la disait, me la chantait, me la murmurait, me la fredonnait, me la récitait, me la déclinait, me la répétait... à l'envi.
 Sa vie à elle s'était résumée à survivre, jusqu'à son arrivée chez nous, par la grâce de « notre » mère et de ses bonnes œuvres. Wafa avait survécu à l'enfer, au chagrin, à la désolation, au désespoir. Elle voulait faire de moi une petite fille indestructible, survivant à tout et n'« acceptant jamais l'idée de la mort ».
 Wafa était un drôle de mélange de mysticisme et de bonne humeur. Le rire, pour elle, était plus

qu'une thérapie : une véritable élégance. Une manière de nier la douleur et les deuils. Elle avait vu toute sa famille décimée durant les massacres de Sabra et Chatila, les camps palestiniens de Beyrouth, en septembre 1982. Des civils assassinés : les vieillards, les femmes et les enfants. Son enfant. Sans défense. Wafa avait eu la vie sauve par miracle et par horreur. Les assaillants avaient « oublié » de fouiller sa maison. Quand elle avait entendu les cris de ses voisins, elle était sortie dans la rue et là, elle avait vu sa fille, Leïla, couverte de sang, allongée par terre. Elle avait alors posé son visage sur la blessure de sa petite de quatre ans pour l'embrasser, la toucher, la rassurer, la câliner. Essayer de la sauver. Mais lorsqu'elle avait compris que son enfant était morte, égorgée, elle s'était évanouie. Les assaillants, lorsqu'ils étaient repassés pour achever les blessés, l'avaient vue, ensanglantée et immobile. Ils avaient cru qu'elle n'était qu'un cadavre de plus, abandonné dans leur marche macabre. Une partie d'elle-même, d'ailleurs, était bien morte ce jour-là. Une partie de son âme. Mais au nom des siens, elle avait voulu conserver une étincelle de vie. Sa seule arme contre ses ennemis. Ils voulaient exterminer tous les Palestiniens des camps, mais elle était restée, survivante, comme le miroir qui renvoyait les assassins à leurs atrocités. Au meurtre de sa petite fille. Aucun procès digne de ce nom ne s'est vraiment tenu sur ces massacres.

Vingt-cinq ans plus tard, un quart de siècle après ces crimes, Wafa ne s'est jamais séparée d'un médaillon où l'on conserve d'habitude les portraits des personnes aimées. Mais les assassins avaient tout détruit, pour essayer d'anéantir jusqu'au souvenir de leurs victimes. Y compris les albums de photos. Wafa avait donc placé dans son bijou, autour de son cou, un tout petit morceau de tissu taché du sang de Leïla. Le sang qui l'avait sauvée elle, mais qui avait emporté la vie de sa fille. Toutes les nuits, elle se réveillait en hurlant à cause d'insupportables cauchemars.

Au fil du temps, je suis devenue le réceptacle de son amour maternel inassouvi. Elle était venue en France grâce à une association médicale humanitaire car elle devait subir une intervention cardiaque très lourde. Impossible à réaliser sur place. Son cœur avait sûrement trop souffert de toutes les douleurs endurées durant tant d'années de guerre au Liban. Et à cause de l'insupportable absence. Elle était venue en France et elle n'était jamais repartie. « Notre » mère avait jugé qu'elle était trop fragile pour retourner sur des terres de violence et elle est devenue une de mes nounous préférées. Elle était douce, tendre et chaleureuse. Patiente et exigeante.

« *La te'bal abadan fikret al-maout* » (N'accepte jamais l'idée de la mort). « Pour nous les civils, m'expliquait-elle quand j'étais plus grande, notre seule arme est de vivre pour que nos bourreaux n'aient pas le dernier mot. » Wafa m'a appelée. le jour où la résolution de l'ONU a été votée pour défendre les enfants dans la guerre. Elle qui ne pleurait jamais était en larmes.

« *Ya Habibi* (ma chérie), je sais que maintenant, je ne vais plus faire de cauchemars. Les bourreaux vont payer. Nous avons gagné contre la mort. »

J'ai pensé à Leïla qui pouvait, enfin, reposer en paix.

22

Je cours comme une folle au jardin des Tuileries. J'aime entendre le bruit de mon cœur qui cogne dans ma poitrine, j'aime sentir le vent qui chante dans mon oreille, j'aime regarder les manèges qui enchantent les enfants et, surtout, j'aime aller vite. Le plus vite possible. Le plus longtemps possible. Je cours depuis que je suis toute petite. Un sport de solitaire où la surdité ne constitue pas un handicap. Je cours au moins trois ou quatre fois par semaine, où que je me trouve dans le monde. Mais à Paris, l'endroit que je préfère est le jardin des Tuileries. Au moment où je double, pour la deuxième fois, un « mâle » qui se prend pour un GI, crâne rasé, musculeux et tatoué, mon téléphone se met à vibrer. Je reconnais le numéro qui s'affiche : celui du bureau.

— Mahaut, c'est bon, tu pars en Afghanistan.

« Monsieur » a déjà raccroché, comme d'habitude. Pas le temps de faire de grands discours. De joie, je refais un tour, en courant à l'extrême de mes limites. Je double une troisième fois le sosie de Schwarzenegger.

Depuis des semaines, je harcèle le chef pour partir à Kaboul. Je trouve qu'il s'agit d'un bon exemple pour illustrer le problème des enfants dans la guerre dont tous les médias vont devoir parler, avec les premiers procès engagés à l'initiative de l'ONU. Lorsque vont être traduits en justice des chefs de tous horizons et de toutes nationalités, soupçonnés d'être responsables de la mort de mineurs dans les conflits. Et puis, j'ai envie aussi de me rendre dans le pays qui avait séduit Melchior, mon ancêtre, et qui l'avait vu mourir dans la région de Mazār-e charif, au nord du pays, où sont passés les descendants du grand Mongol Gengis Khān. Ceux qui ont, parfois, une tache de naissance. Souvent sur la cuisse droite. Mazār-e charif, c'est aussi là que se trouve l'un des plus beaux tombeaux du monde. Celui d'Ali, d'après les Afghans. Ali, cousin et gendre du Prophète. Le tombeau est d'un bleu magnifique, et tout autour volent en permanence des colombes blanches qu'il est interdit de tuer. La légende veut qu'en chacune d'elles soit réincarné un être humain.
Je pars, bien sûr, avec Max.

— Petite, cette fois-ci, on a fini de rire. L'Afghanistan est un pays dangereux, très dangereux. Alors maintenant, tu vas m'écouter très attentivement.

C'est ainsi que je commence à apprendre quelques « trucs » pour survivre dans les zones de conflit.

— Première leçon, Mahaut : tu ne te prends pas pour une héroïne, c'est déjà assez difficile, parfois, de survivre dans ces coins pourris sans en plus en rajouter. Tu sauras qu'un bon reportage est un reportage diffusé, ce qui veut dire que tu dois être vivante pour le faire et l'envoyer à Paris. Tu apprendras aussi qu'aucune « histoire » ne vaut la mort d'un journaliste. Tu t'en souviendras, petite ? me demande mon cameraman.

« Deuxième leçon : dès que ça tire, tu te couches par terre. S'il y a des explosions, tu ouvres la bouche pour que l'air circule et que l'onde de choc ne te pète pas les poumons. Si tu te mets à l'abri derrière une voiture, tu te planques au niveau du moteur, car le reste de la carrosserie n'offre quasiment aucune protection s'il y a des balles qui sifflent. Tu mets ton gilet et ton casque dès qu'on te le dit, tu ne discutes pas. Si tu respectes ces principes de base, tu devrais survivre quelques années, quand tu iras « à la guerre »... Si tu as de la chance, conclut Max.

« Mahaut, tu dois te souvenir de tout ce que tu viens d'entendre », insiste ma sœur.

Le vieil homme semble avoir plus de cent ans. Il porte un très joli turban, blanc rayé de noir. Sa peau est parcheminée de milliards de rides. Le dessin de son destin dans ses yeux est immense. Immense comme un siècle de récits d'une existence où s'accumulent les décennies. Il nous a reçus dans son petit appartement de Kaboul envahi de livres. Il représente la mémoire de l'Afghanistan. Nous sommes avec lui depuis un peu plus d'une heure, nous buvons du thé et il nous raconte les légendes et les contes de son pays. Les atrocités des guerres et les rivalités entre les tribus. L'histoire récente ne l'intéresse pas beaucoup. Trop violente, trop archaïque, trop moyenâgeuse. Il vit dans les siècles passés.

— C'est vrai, me dit-il, du côté de Mazār-e charif il y avait, il y a bien longtemps, un orphelinat. Dans un petit village. Je ne sais pas s'il existe encore mais en tout cas, il faut y aller à cheval car aucune route n'a jamais été construite dans cette région. Je me souviens, on racontait qu'il y avait un drôle de dessin sur le mur d'enceinte. Attendez.

Il se lève, saisit un livre au milieu d'une pile d'ouvrages d'un geste sûr et s'approche de moi.

— Tenez, regardez, voilà le dessin.

Je reconnais immédiatement le blason de ma famille. Le lendemain, nous prenons l'avion pour Mazār-e charif.

L'endroit est féerique, la place devant le tombeau d'Ali aussi belle que dans les récits de ma nounou afghane. Ma sœur m'encourage à rester prudente, car l'on entend, au loin, des fusillades. La guerre n'a jamais cessé en Afghanistan, et ce depuis plus d'un quart de siècle. Nous réussissons à rencontrer, en fin d'après-midi, une responsable exténuée d'une des rares organisations humanitaires qui ont encore le courage d'opérer dans ce pays.

Elle s'appelle Pilar et elle vient d'Espagne. Dans une autre vie, elle habitait Madrid. Elle est ici depuis quelques mois seulement mais la douce routine d'un pays en paix lui semble extraordinairement lointaine.

— Bien sûr que l'orphelinat dont vous parlez existe encore. Nous parvenons même parfois à lui envoyer des vivres et des médicaments. Mais le chemin est tellement long et dangereux que nous n'y sommes jamais allés nous-mêmes. Il nous faudrait un hélicoptère. Alors, nous faisons transiter nos dons par les tribus. En espérant qu'elles ne dérobent pas ce que nous récupérons pour les petits. Nous n'avons aucune certitude. Nous devons nous contenter d'espérer. Souvent des combats se déroulent dans le village ou à proximité, entre les tribus rivales, ou à cause des pillards dont toute la région est infestée. Ils sont d'une incroyable violence. Sans pitié. Sans merci. Pour quiconque. Nous ne pouvons que prier pour qu'ils épargnent les enfants.

A la suite de notre conversation, Pilar trouve notre idée complètement folle de vouloir nous rendre sur place mais elle comprend très vite qu'elle ne réussira pas à nous en dissuader. Elle nous propose donc de nous faire rencontrer un des employés de son association en qui elle a toute confiance. Il est né dans le village en question. Il se prénomme Moussa. Il est étonné de m'entendre parler sa langue mais, de ce fait, un courant de sympathie passe tout de suite entre nous. Il se fait fort de nous trouver des chevaux pour le lendemain matin, à l'aube. Le voyage va durer plusieurs heures.

Dans la nuit, les Aborigènes chantent jusqu'à l'aube pour accompagner l'âme de Bao-Yu. Je pleure dans mon sommeil.

23

Le paysage est magnifique. Nos chevaux ont le pied sûr. Ils ont parcouru régulièrement le trajet jusqu'au village. Sur la route, à plusieurs reprises, des cavaliers nous doublent ou nous croisent. Ils sont de plus en plus nombreux. Moussa essaie de sympathiser avec eux mais je sens une réticence. Les hommes sont tendus. Les étrangers ne sont pas les bienvenus ici. Ma sœur est inquiète. Je scrute tous les regards pour connaître les destins. Y déchiffrer, pour m'y préparer, d'éventuels combats qui pourraient éclater entre tous ces guerriers. Mais je ne vois rien, les regards sont troubles et les hommes ici ne fixent jamais suffisamment longtemps une femme dans les yeux pour que je puisse lire leurs secrets. J'entends les Aborigènes qui appellent le grand kangourou. Je nous sens noyés dans le danger. La menace de la mort qui s'approche est palpable. Je dévore des yeux les bouches de ceux qui nous croisent mais je n'apprends rien sur le drame qui, je le sens, va se nouer.

Nous nous arrêtons près d'un puits où les cavaliers viennent faire boire leurs montures. Moussa essaie de dissimuler son malaise. Il veut présenter aux voyageurs que nous sommes son village sous le meilleur visage possible mais il sent, lui aussi, que l'on se dirige tout droit vers un désastre. Nos chevaux se désaltèrent. Max vérifie que la caméra n'a pas été abîmée par la poussière de la piste. Le vent se lève, et tous les foulards des Afghans se mettent à voler, comme un ballet de matières et de couleurs.

« Lui, lui, regarde-le ! me hurle ma sœur, lis sur ses lèvres, vite !

Je me retourne, à la vitesse de K. Je saisis la fin de la phrase : « ... s'il le faut, les enfants aussi. » L'espace d'une seconde, tous les hommes ont le visage de Melchior. Je ne comprends que trop bien le message. Il va falloir sauver les orphelins. Menacés de mort par une épouvantable vendetta entre tribus rivales.

« *La te'bal abadan fikret al-maout* » (N'accepte jamais l'idée de la mort). Wafa, ma Wafa. Trop d'enfants sont déjà morts dans le monde. Il faut arrêter le massacre.

Nous devons arriver au village avant les tueurs. Nous partons calmement, pour ne pas les alerter. Sinon, ils nous tueront les premiers. Hors de leur vue, nous finissons notre voyage au triple galop. J'avise à peine le dessin du blason de ma famille sur le mur de l'orphelinat. J'ai informé mes amis que j'ai entendu les cavaliers dire qu'ils voulaient prendre les petits en otages. Je n'ai pas osé leur avouer l'horrible vérité.

Moussa va prévenir les membres de sa famille pour leur dire de s'enfuir en emmenant les orphelins. Il part à l'entrée du village pour demander à tous les hommes en âge de se battre d'essayer d'arrêter la horde sauvage qui s'apprête à investir les lieux.

Les enfants sont dix. Entre quelques heures et douze ans. Les Aborigènes hurlent. Ma sœur est accrochée à mon oreille. Les premières détonations éclatent au moment où les villageois entraînent les gamins terrorisés. Je vois leurs grands yeux qui mangent leur petit visage maigrichon. Je les compte, ils sont neuf.

Max filme tout ce qu'il peut. Il exhibe sa caméra comme une pauvre protection. Pour que les rôles des uns et des autres soient imprimés sur l'image. Que les bourreaux ne puissent pas se soustraire à leurs responsabilités.

Les détonations sont de plus en plus fortes, et dans les yeux des hommes qui passent en courant pour aller se battre, je vois leur avenir. Ou plutôt l'absence d'avenir. Leur vie va s'arrêter dans quelques secondes. Sans que je ne puisse rien y faire. Je compte et recompte les enfants. Neuf. Ils ne sont que neuf. Je retourne à toute allure dans l'orphelinat. « Cours, Mahaut, cours plus vite, me dis-je, écoute ton cœur, tu sais qu'il peut battre encore plus fort. Tu peux aller plus vite. Beaucoup plus vite. » Je heurte le mur où sont gravées les armes de ma famille. Je rentre dans les chambres. « Cours, Mahaut, cours. » Les bruits des déflagrations sont de plus en plus proches. Mon oreille valide commence à souffrir de ces décibels d'explosions et de hurlements. « Il y a un enfant, Mahaut, trouve-le. » Les chambres sont vides. Et d'un seul coup, j'entends un hurlement. LE hurlement. Celui que j'ai entendu la nuit de ma naissance.

« *La te'bal abadan fikret al-maout.* » Malgré l'indescriptible douleur qui dévaste mon oreille, je me jette vers le lit d'où vient le cri. Je ne vois qu'un petit tas de chiffons. « Cours, Mahaut, cours plus vite. Tu dois l'attraper et la prendre dans tes bras avant la fin de son cri. Sinon elle mourra. » Une Conscience du Monde est prête à se sacrifier. La douleur de ce son qui va plus vite que la vie déchire mon cerveau. Mon cœur est à bout de résistance. Je suis terrorisée, au milieu de ces épouvantables fusillades, à l'idée de voir de nouveau un bébé mourir. Sous les chiffons qui servent de draps, je devine une minuscule petite fille. Je lis sur sa bouche ouverte toute la violence de son cri et la violence du monde qu'elle dénonce. Je la blottis dans mes bras. Elle crie toujours. Je lui murmure de ne pas mourir. Je la supplie, au rythme de mon incroyable course et des coups que frappe mon cœur dans ma poitrine. Elle hurle encore, comme si elle ne voulait pas croire que le salut, sur terre, était possible. J'in-

voque la clémence du ciel, je prie Melchior. Je fredonne les chansons des Aborigènes.
« Cours plus vite, Mahaut. » Je suis en plein milieu de la fusillade, avec mon bébé hurlant, comme une nuit de mars, il y a vingt-trois ans. Mais cette fois-ci, nous mourrons ensemble ou nous survivrons toutes les deux. Cette fois-ci, je ne veux pas te laisser partir. Tous les regards convergent sur moi. Je suis comme une comète hurlante qui passe au milieu de l'enfer. Mais je ne veux pas la lâcher, je ne veux pas m'arrêter. Et puis, d'un seul coup, le silence. Pas un silence de mort, au contraire. Elle a accepté de vivre. J'ai couru tellement vite que nous sommes maintenant à l'abri des combats. Derrière un petit mur. Je vois les assassins qui prennent la fuite. Max qui pose sa caméra. La poussière qui retombe. Les villageois qui évacuent leurs blessés.

J'ose enfin soulever les linges qui cachent le bébé. Je sais, avant de la voir, qu'elle a une tache en forme de cœur sur la cuisse droite. Elle me regarde. Elle me ressemble. Elle n'a que quelques heures mais elle a un regard d'adulte, tendre et malicieux. Qui ressemble à celui du grand kangourou. Le reflet de son destin est en train de s'effacer pour mieux se redessiner. Pour une vie qui va durer une éternité. Une éternité pour servir le bien. J'écoute mon cœur qui bat si fort. Je colle son oreille sur ma poitrine. Pour lui rappeler le bruit qu'elle entendait quand elle était en sécurité, dans le ventre de sa mère. Elle s'endort. Je lui chante *A la claire fontaine* et je vois

Mahaut, grand reporter

au loin voler les colombes blanches dans lesquelles sont réincarnées toutes les Consciences du Monde. Je la berce et je mets ma bouche tout contre son visage pour l'embrasser, tout en lui disant : « Bienvenue sur terre, ma sœur. »

ET POUR EN SAVOIR PLUS..

Les plus grands reporters

Hommage aux « pères fondateurs »
du grand reportage

Albert Londres (1884-1932)

« Notre rôle n'est pas d'être pour ou contre,
il est de porter la plume dans la plaie. »

Cette phrase représente la définition du journalisme par Albert Londres. Toute sa vie, ce grand reporter a respecté scrupuleusement cette maxime qui ressemble à une profession de foi. Il n'a jamais failli, au point d'être devenu un mythe. Dans sa jeunesse, il voulait être poète mais, adulte, c'est une vie d'action qu'il a menée. Sans s'arrêter. Sans répit. Et sans concession. Un jour qu'un responsable de journal lui faisait remarquer qu'un de ses articles n'était pas dans la ligne, Albert Londres lui a répondu qu'il ne connaissait « qu'une seule ligne : celle du chemin de fer ». Fort de cette conviction, « le prince des reporters », comme il fut surnommé, a sillonné la planète pour en raconter la vie, et surtout en dénoncer les excès et les injustices. Il a « couvert » la Première Guerre mondiale, le tour de France cycliste, la révolution russe ou encore la condition des aliénés en France. Le bagne de Cayenne, en Guyane, fut fermé notamment grâce à lui et au reportage qu'il avait signé sur les terribles conditions de détention des bagnards. « Courage et audace » pourraient résumer cette carrière exemplaire, interrompue seulement par la mort. Pour son dernier reportage, Albert Londres était parti en Chine pour une enquête explosive dont il garda le thème secret. Il a péri lors de l'incendie du paquebot qui le ramenait vers la France.

En souvenir de ce journaliste hors du commun, le prix Albert Londres est décerné chaque année au meilleur grand reporter de l'écrit et à celui de l'audiovisuel. Il s'agit du prix le plus prestigieux de la presse francophone, qui distingue ainsi de jeunes plumes, de moins de quarante ans, qui s'inscrivent dans la lignée de leur prestigieux aîné.

Joseph Kessel (1898-1979), un homme de talent et de courage

Un des « plus grands » reporters du vingtième siècle. Il a sillonné la planète pour témoigner, par ses articles et ses livres, d'une écriture incomparable. (*Le Lion, Fortune carrée, Témoin parmi les hommes* ou encore *L'Armée des ombres*.) Globe-trotter dès l'enfance, dans les valises de ses parents, il a vécu en Amérique du Sud et en Russie. Adulte, il a fait plusieurs fois le tour du monde. Fils d'immigrés, il a défendu la France durant la Deuxième Guerre mondiale et il a composé avec son neveu, Maurice Druon, *Le Chant des partisans*, le chant de ralliement de la Résistance.

A lire d'urgence.

Ernest Hemingway (1899-1961), prix Nobel de littérature en 1954

Il a « couvert » la guerre civile en Espagne, dans les années 1930. Il a tiré de cette expérience une œuvre majeure : *Pour qui sonne le glas*, qui démontre que mettre la liberté en danger quelque part dans le monde, c'est la mettre en danger partout dans le monde.

Ses ouvrages les plus célèbres sont *Les Neiges du Kilimandjaro*, *L'Adieu aux armes*, *Le Vieil Homme et la Mer*.

Et d'autres...

De nos jours, dans cette lignée de journalistes prêts à risquer leur vie pour témoigner, il faut citer ceux qui sont emprisonnés pour avoir voulu défendre cette liberté si chère au cœur d'Hemingway. Il faut continuer à publier leurs noms que leurs tortionnaires voudraient effacer de la surface du monde.

Rim Zeid, Marouane Khazaal, Salah Jali al-Gharraoui. Tous trois travaillaient pour des médias en Irak. Ils ont été enlevés début 2006. Plus personne n'a jamais eu de leurs nouvelles.

U Win Tin, en Birmanie, qui purge une peine de vingt ans de prison. Il défend les principes de la démocratie dans son pays, tout comme sa compatriote, Aung San Suu Kyi, prix Nobel de la paix.

Shi Tao, en Chine, condamné à dix ans de prison pour avoir envoyé un document officiel sur le massacre de la place Tianan men de juin 1989 à un responsable d'un site Internet dissident, basé à l'étranger.

En Erythrée, une dizaine de journalistes sont incarcérés, dans un endroit tenu secret, depuis 2002. On ne leur a jamais transmis le motif officiel de leur détention. Ils n'ont jamais été jugés.

La liste est presque interminable. Ces journalistes sont défendus par Reporters sans frontières (RSF) qui demande à tous : « Ne les oubliez pas » et : « N'attendez pas qu'on vous prive de l'information pour la défendre. »

www.rsf.org
rsf@rsf.org

Comment devenir grand reporter

La voie recommandée est de préparer une école agréée par la Convention nationale des journalistes, ou d'obtenir un DESS de journalisme. Les diplômés de Sciences-Po et des grandes écoles de commerce ont aussi toutes leurs chances...

N'hésitez pas à contacter l'auteur à l'adresse suivante :

contact@mahautgrandreporter.com

Mes conseils pour devenir grand reporter

Etre curieux au point de vouloir découvrir le monde sous toutes ses facettes.

Etre exigeant au point de ne jamais se satisfaire des « idées reçues » ou des sujets à la mode.

Etre méfiant au point de toujours chercher ce qu'il y a « de l'autre côté du miroir », de couper et recouper les informations pour éviter la manipulation.

Etre intellectuellement soucieux d'apprendre, et encore apprendre, l'histoire, la politique, les cultures et les langues de la planète.

Etre physiquement résistant pour oublier les nuits sans sommeil et les journées sans repos.

Aimer les autres.

Et surtout, ne pas pouvoir imaginer son existence en exerçant une autre profession et être capable, comme l'enjoignait Albert Londres, de « mettre dans la balance, son crédit, son honneur, sa vie ».

Remerciements

A mes parents, tout d'abord, qui m'ont « transportée vers les autres » dès ma naissance, en m'inoculant leur amour des voyages et en me communiquant une bonne part de leur mépris de la peur dans la guerre... presque la certitude de l'immortalité.

A Manuel, photographe-cameraman d'excellence, qui fut mon ami durant si longtemps et qui est parti pour sa dernière mission. Très loin et très haut, dans le bleu du ciel.

A Jeannette, Katya et Jean-Pierre, qui ont accepté par amitié de traduire en chinois, en russe et en arabe les phrases-clefs de ce livre.

Enfin, à tous ceux que j'ai rencontrés dans les régions dévastées de la planète, que je n'oublierai pas et qui, en fait, ont donné naissance à Mahaut...

« Loi n°49-956 du 16 juillet 1949 sur les publications destinées à la jeunesse ».

À suivre dans la collection
Un jeune, un métier, un roman :

Féli, vétérinaire, et d'autres jeunes : commissaire de police, conservateur de musée, juge...

Féli
vétérinaire

Cet ouvrage a été composé par
Nord Compo (Villeneuve-d'Ascq)
et imprimé par **Bussière**
à Saint-Amand-Montrond (Cher)

Achevé d'imprimer en avril 2007.

Dépôt légal : avril 2007. – N° d'édition : 14177.
N° d'impression : 071467/1.
Imprimé en France